U0619995

民优计划

Minyou
Jihua

民办教师的
成长故事

时丽娟 袁文俊

主编

上海教育出版社
SHANGHAI EDUCATIONAL
PUBLISHING HOUSE

教育乃国家大计,教师为立教之本。在推动教育高质量发展的进程中,民办教师始终扮演着不可或缺的关键角色。2016 年,《国务院关于鼓励社会力量兴办教育促进民办教育健康发展的若干意见》明确提出"各地要将民办学校教师队伍建设纳入教师队伍建设整体规划"。响应此号召,上海市于 2020 年启动了"上海市民办中小学中青年优秀教师团队发展计划"项目(简称"民优计划"项目)。该计划以"团队发展,引领实践"为立项原则,主要采用应用型项目,旨在探索民办教育中的热点与难点问题,通过团队合作赋能个体,以实践推动创新,为民办教师的专业成长开辟全新路径。自项目启动以来,已顺利完成三期,涉及 60 个团队的研究项目。

本书是"民优计划"项目实施以来的生动缩影,记录了参与该项目的中青年教师如何在项目研究与团队协作中突破自我、实现转变。书中不仅展示了领衔人带领团队克服困难的智慧,还描绘了普通成员从"跟随者"成长为"引领者"的转变过程;从数字化教学改革的勇敢探索,到家校共育模式的温馨实践,这些故事不仅是个人成长的见证,也体现了上海民办教育生态的优化。

团队力量:从"我"到"我们"的蜕变

在教育的道路上,单打独斗往往难以取得长远的发展。团队的力量是无穷的,它能够让我们相互支持、相互学习、共同进步。在"民优计划"项目中,团队领衔人不仅是探索的引领者,更是思想的凝聚者。他们结合团队成员的教学经历、性格特点和自身特长进行定位剖析,为每一位成员找到了合适的任务,让大家能够充分发挥自己的优势。在项目研究过程中,团队成员们相互协作、相互帮助,共同攻克了一个又一个难题,在合作中共赢。

创新实践:教育的无限可能从课堂扩展至全域

"民优计划"项目坚持"立足一线进行研究"的原则,确保教育变革的实践落地生根。本书中的案例生动展示了这一点:一些教师通过项目研究,成功地将枯燥的数学知识转化为贴近生活的课题,引导学生从"畏数"转变为"爱探究";有的团队则开发了"跨学科主题学习"课程,有效打破了学科间的壁垒;还有教师利用大数据分析,为学生提供个性化的辅导方案。这些实践成果不再停留在理论层面,而是直接反馈于课堂教学。各个团队更是通过展示活动,面向全市辐射,惠及广大学生、教师。

成长之光:照亮教育的未来之路

翻阅这些故事,最触动人心的不是获得的荣誉或奖项,而是教师们那被点燃的职业激情。他们投入课堂、深入研究,他们教育学生、充实自我,这种觉醒恰恰体现了"民优计划"项目的深远价值——唤醒民办教师对自我成长的重视,唤醒民办学校对教师队伍建设的意识,唤醒社会对民办教育的信心。在未来的教育道路上,将有更多的力量支持民办教育的发展。期待民办教师能够继续发挥团队的力量,不断创新和实践,为学生提供更加优质的教育服务。同时,也期待团队能够发挥示范引领作用,带动更多的教育工作者共同进步,为推动我国教育事业的发展做出更大的贡献。

教育的真正美好在于其永远面向未来的特性。本书的出版既是对过往经验的总结,也是对未来美好愿景的展望。希望这些故事能激励更多民办教师勇于追求专业成长,继续为民办教育的发展添砖加瓦。

目　录

基本情况

　　钮晓庆，第一期上海市民办中小学中青年优秀教师团队发展计划项目团队成员。现任上海市民办童园（实验）教导处副主任，一级职称。在团队中主要承担项目的内容查找梳理、课堂实践等任务。曾荣获华东六省一市课堂大赛一等奖、启东市学科带头人等称号。所撰写的《试析低年级语文阅读能力训练点的捕捉》一文在《静安教育探索》上发表，《语用：让儿童在语词的密林里穿梭》一文在《语文教学通讯》上发表。

　　教育感言：阳光给予人们光明和温暖，我愿成为学生心中的那缕阳光。

于生命里双向奔赴　在团队中彼此成就

上海市民办童园（实验）小学　钮晓庆

溯生命的源

　　命运的齿轮总是在不经意间默默转动。五年前的我还是一名江苏籍的语文教师，后因种种原因来到上海落地生根。当时，我为孩子找了一所口碑很好的学校——上海市民办童园（实验）小学。作为家长，在一年的时间里，我感受到了童园给予学生的全面培养和充分信任，更感受到了这里对培养学生阅读兴趣、提升学生阅读能力的重视。如同命中注定一般，次年我也走进了这所女儿喜欢的学校，成为童园小学的一名语文教师。

捧着一颗火热的心踏上了童园的讲台，日常的工作让我在辛苦之余又感觉特别充实。在领导的信任鼓励下，在各位老师的帮助支持下，无论是教学思想和教学理念，还是教学方法和教学能力，我都有了不少的收获。2020 年，学校的研究项目"在提升小学生阅读能力中开展品格培养的实践研究"申报成功，全校教师都为此欢欣鼓舞，更值得高兴的是我有幸成为项目组的成员。我想：在领衔人的引导下，在不断深入的研究中，我一定会对教育的本质有更全面的认识，对童园的办学特色有更深入的了解。

结生命的缘

项目组成立后，领衔人结合团队成员的教学经历、性格特点、自身特长等，为每位成员找到了合适的任务。有的老师在项目学习过程中，发现自己之前制订的目标和现实需求差距较大，于是在领衔人的帮助下，通过细化发展目标，增加了周目标和月目标，明确近期和远期的发展规划，扎实推动教育能力不断提升。

有的老师对文章的撰写总感觉还有些词不达意，项目组便出主意，结合项目研究鼓励其一周写一个案例，反思教学，梳理思路，让文字更言之有物。这个人就是我，从教 16 年，从懵懂到成熟，一直向着心中的教育梦不断前行。然而一路走来，教育类文字的撰写总是做不到得心应手，总感觉自己的文章内容不够丰富，笔触不够生动。加入项目组后，冯老师鼓励我们一周写一个案例，反思自己的教学，梳理自己的思路，让文字更言之有物、更生活化。渐渐地，偶尔也能有一段自己满意的教育文字了；渐渐地，这样的文字越来越多了。尤记得课题申报时，我把自己决定申报的课题——《小学语文情境型课外阅读的实践研究》拿来请教冯老师，她细致地查看之后，马上指出申报材料中的文字问题所在：情境阅读需要从实践活动入手，不同于课内活动，要思考在创设情境时教师本身的作用，同时在策略上也应着重从教师方面出发。于是,我调整研究内容,从学生心理出发,尊重学生心理需求,从阅读内容的推荐到阅读指导策略进行深入思考。最后,我的课题在冯老师不断地鼓励和帮助下申报成功了。在此过程中,我们有过微信、电话,也有面对面的交谈修改,冯老师深夜为我指导的修改意见至今还保存在微信中。目前该课题已经顺利结题了。在项目组的引领下,我还在《静安教育探索》成功发表了文章。

项目组对青年教师提出的提高课堂教学设计能力的愿望,在项目实践过程中也获得了很好的实现,多次的区级公开课是项目组为老师们提供的展示平台。有指向表达的单元统整的实践研究,立足单元整体,统筹落实,指向读写迁移,提升学生的综合能力;有聚焦新课标,解码学习任务群的实践研究,以探索自然奥秘为起点,立足语言文字,巧妙设计学习任务群,让学生读词语、品语句,在阅读中感受自然无穷乐趣,提升学生品格修养;有指向基于真实情境的大单元教学的实践研究,根据单元目标,统筹协调单元内课文的编排,改变以知识为体系的教学设计范式,强调学生的语文综合实践活动。

在此过程中,我深刻体会到团队协作的强大力量。项目组就像一个温暖的大家庭,我们相互支持、相互学习、共同进步。团队成员间的思想碰撞激发出无数创新的火花,学校给予的平台与机会为我们提供了茁壮成长的土壤。领衔人冯老师的专业指导犹如灯塔,为我们指明前进的方向。我们深刻体会到,只有把思维能力等核心素养的提升作为课堂目标,才能真正让学生具备终身学习的能力。创设真实情境和以任务驱动的价值在于指向学生的思维发展,为其自主学习奠基,使所学方法技能在现实生活中有实践空间。在未来的教育道路上,我将倍加珍惜这来之不易的成长机遇,继续汲取智慧和力量,不断提升自己的教育教学水平,为培养更多优秀的学生贡献自己的力量。

画生命的圆

依稀记得,当时我执教了一节区级公开课——五年级上学期第八单元《我的

"长生果"》,项目组的伙伴都为我出谋划策,忙得不亦乐乎。有的伙伴埋头翻阅书籍查找资料,有的慷慨分享教学经验和方法,有的精心修改课件,还有的在我试教时充当学生。最终,一堂精彩纷呈的综合实践活动课"好书我来荐"呈现在大家面前:在"读书博主"的大情境下,创设"好文我来鉴,寻有缘人共阅好书"的小情境。教师化身面试官,学生则自动代入面试博主的身份。课堂中,教师布置面试考题,学生勇敢接受挑战,通过评选带班博主的方式,带领学生从语文生活实际出发,师生携手一起梳理课文,于真实性情境中激发学生的课堂体验。通过本堂课的学习,学生不仅能顺利达成课文的学习目标,而且还能运用所学技能完成拓展实践。同时,核心任务的学习情境具有高度的真实性,无论是立足课文还是实践探究乃至迁移到整本书阅读,学生始终都在面试读书博主推荐一本书的情境当中。在如此真实的情境里,学生可以通过感受课文领略读书的意义,在交流实践中驱动探寻读书的意义,在推荐书籍时领略读书的魅力。

在项目组的这段时光,我受益匪浅。在领衔人冯老师的带领下,我们对各册书中的语文要素和小学生必备品格进行细致梳理,对相关阅读材料和书籍进行精心遴选。这为我这个学期任教一年级,并担任一年级的教研组长提供了不可或缺的理论基础。虽然从教多年,但担任教研组长也是大姑娘上花轿——头一回。在冯老师的殷殷嘱托中,我明晰了自身的定位。她从教学理论到实践操作、从教学设计到作业布置,每一个环节都给予我精准的建议和方法。冯老师指出:"双新"背景下,需要教师对标课程标准,关注单元学习内容,立足单元解读语文要素,明确单元课文价值,在基于学情的基础上,由扶到放,落实单元语文要素;课堂中也要有效开展小组合作学习,提高教学实效,并努力实现教学评一体的思想,推动学生语文素养的整体发展。在团队管理上,她教会我如何发挥团队成员的优势,共同攻克教学中遇到的难题。而我自身也在不断努力学习和实践,将她的嘱咐融入日常工作中,不断反思和改进,力求实现自我提升。

平日里,我充分发挥团队意识,带着年级组里的年轻老师一起学习,共同进步。我们一同研读教材,让她们清楚在什么情况下该运用哪些有效的教学策略;

我们交流畅谈,从各个层面探讨怎样上好一堂语文课。"双减"政策下,我们一年级的作业布置成了棘手的难题,冯老师建议我务必保证作业质量,发挥作业诊断、巩固、学情分析等功能,设计符合学生年龄特点的基础性作业,同时也鼓励布置分层、弹性、个性化作业。于是,丰富多彩的特色作业应运而生,如视频拍摄说一说、动动小手画一画、火眼金睛找一找,这些个性化的作业都能为语文高效课堂的构建、学生素质的全面发展提供强有力的支撑。在后续的教研工作中,我始终将项目组的成果辐射到年级组,明确目标,认真规划,扎实落实,让自己和童园一起,向着阳光生长。

教师的专业成长需要学校搭建平台的支撑,需要专家精准的引领,需要团队无间的协作,需要个人不懈的努力,从而聚合成适宜成长的阳光雨露、明月清风。波澜不惊中,我们都会在专业成长的道路上越走越远,越走越好。

基本情况

陈琳，第一期上海市民办中小学中青年优秀教师团队发展计划项目团队成员。现任上海市民办东展小学三年级语文教研组长，小教高级职称。在团队中主要承担课程的开发和实践任务。曾荣获上海市科技指导学会"优秀指导教师奖"；长宁区教育科研主题征文二等奖；长宁区"优秀班主任"称号。在《长宁教育》发表《蓦然回首灯火阑珊》。

教育感言： 育人者先育己，是为智；正人者先正己，是为德；智德兼备者，方为师。

奋楫扬帆，众行致远

上海市民办东展小学　陈　琳

有这样一个团队，像一种无形的力量充满着内心，让信念无比坚定，让梦想无比清晰，让我们不断加快寻找的脚步。这就是"2020年度上海市民办东展小学中青年优秀教师团队发展计划项目"团队。我们给她取了一个亲切的名字"青团"。

我是"青团"中年龄偏长的成熟型教师，自嘲为"老青"。自嘲归自嘲，内心还是像"小青"们一样努力，可不能让他们把我"拍死在沙滩上"。因此，我暗暗下定决心：一方面吸取青年教师的创新思维，让他们的青春活力感染自己；一方面把自己多年的教学思考和经验与他们交流，引领青年教师不断成长，共同进步。为此，我给自己确定了三个目标：

一、终身学习，拓宽视野提素养

我们团队在开发"趣语文"探究课程时，希望四年级学生通过"国学初润"探究课程，认识经典中的"四书五经"。

有一天，我拿起《诗经》读第一篇《关雎》，以为是讲君子追求淑女的题材。备课时学习四川师范大学李华平教授的课例才知道自己跑偏了。《诗经》所处的春秋时代是奴隶社会逐渐瓦解、封建社会逐步形成的大变革时期，旧的道德规范遭到破坏，出现了恣肆放流的情形。《关雎》所歌颂的是一种感情克制、行为谨慎、以和谐为目的的婚姻。它以诗歌的形式为男女树立了一个标准。女子文静美好、热爱劳动、情趣高雅、理智对待爱情；男子爱得执着、爱得尊重，并为此改变自己、提高自己。这首诗位于《诗经》之首，是古之儒者要作为"风天下而正夫妇"的典范。

原来如此，可不能让刚刚接触国学的学生也像我一样跑偏了。于是我再次潜心钻研，用心琢磨，设计教学过程。用闯关的形式逐步引入、理解、比较、讨论……恰好这时，学校刚刚引进希沃系统。我发现其中有很多新技术，特别是各种游戏形式很有趣。在每节探究课结束前，我设计一个个游戏活动来回顾所学内容，学生兴趣浓郁，课堂很有吸引力。

我珍惜每一次团队带给我们的学习机会。两年来，我学习了当前先进的教育理念，逐步学习有深度、有广度、有温度的思考方式。教学实践中，我也有了越来越强烈的研究意识，并积极地把自己的研究心得送去投稿，品尝到学习带给自己的甜头。

二、突破倦怠，改进教学再出发

年过半百的老师很容易产生职业倦怠。如何突破这种倦怠？那就是让自己拥有一颗年轻的心,而工作中的自己永远年轻。

2019年12月,我的校级研讨课"西门豹治邺"有幸得到上海市语文教研室薛峰老师、长宁区语文教研员王颖老师的指导。这次研讨课,如同王国维"三重境界"的修炼。

备课是第一重"昨夜西风凋碧树。独上高楼,望尽天涯路"。治学之始,必须耐得住寂寞,高瞻远瞩,不断求索。教学之始是每天大量阅读、准备,让课堂有"语味",让自己有底气。

试教是第二重"衣带渐宽终不悔,为伊消得人憔悴"。治学的过程须坚忍不拔,执着隐忍。我一共进行了四次试教、一次说课。不断试教的过程是一个脱胎换骨的过程——反复推敲、琢磨、推翻、修改……每天废寝忘食地思考,绞尽脑汁地琢磨。

第三重"众里寻他千百度,蓦然回首,那人却在灯火阑珊处"。古往今来,能达到这个境界、成大学问的人少之又少。我远远没有达到,但这次研讨让我对课堂教学有新的领悟。如:建立了语文要素的纵横观;基于单元视域的整体设计;形成"三路合一"的教学策略;关注学习经历的能力提升;探索板块推进的教学过程。

我也带着课例研究的成果融入每天的教学中。备课时基于单元视域,先学、先思,教学时把文路与学路、教路归并思考,用板块推进的方式达成学习目标……我们东展的老师也都是在这样的教研活动中砥砺前行、不断成长的。

对人生我也认识到:无论经历何事,最终都将回归到自己的内心。不断循环往复,循序渐进。蓦然回首,自己的内心就是"灯火阑珊处"。

"老骥伏枥,志在千里,烈士暮年,壮心不已。"心怀梦想的人永远年轻。我也用自己对教育事业的追求、乐观奋发的精神感染着年轻一代,让我们的后浪老师更快成长。

三、以身示范,辐射带动促成长

2020—2022这两年我担任四、五年级语文教研组长。这对我来说,又是一项新的挑战。从一人"独奏"到成为乐队的"首席"，我始终牢记"大家好才是真的好"。教研组的专题研究、教学常规的日常管理、组内老师的思想工作、团队的课程开发……事无巨细，我都尽自己最大的努力去做好。

"青团"开发的"趣语文"课程设想形成三类课程整合的形态，通过"悦读时光""非凡口才""落笔有神"三大板块的组合，引导学生亲近母语，提高学生的语文素养。我身体力行，带领全组老师向着这个目标一起出发。

（一）"悦读时光"拓展学生的视野

"悦读时光"板块主要把丰富多彩的生活引入语文学习，以阅读为基础，浸润经典，学习表达，继而全面提高学生的听说读写能力。

五年级的老师结合课内教材"快乐读书吧"，利用阅读课，每月集体精读一本课外书：《中外民间故事》《男生贾里全传》《爱的教育》《哈利·波特》《汤姆·索亚历险记》；同时引导学生由课内向课外延伸，自主阅读10—15本书，如学习了《冀中的地道战》，推荐读《地道战》；学习了《将相和》，推荐《少年读史记》；学了《圆明园的毁灭》，读《不该遗忘的废墟》……

"悦读时光"中的拓展内容，"浸润经典"之一"走进孔子"特别受学生欢迎。提到孔子，我们第一时间联想到的是儒圣形象，其实孔子不仅是"万世师表"，还是一名大力士。孔子有聪慧的大脑和强健的体魄，他擅长射御，力拔山兮气盖世，是鲁国武林第一高手。他有多高？《史记》记载孔子"长九尺六寸，人皆谓之长人而异之"，按当时一尺等于23厘米计算，他有2.2米高，按2017年南昌海昏侯墓出土的"汉代骨尺"计算，身高为182.4厘米。他力有多大？《吕氏春秋》记载"孔子之劲举国门之关，而不肯以力闻"（孔子的力量能举起国都城门上的门闩，但是他不肯炫耀自己的力量）。《淮南子·主术训》记载："孔子之通……勇服于孟贲"；《论语·微子》记载六十三岁的孔子依然能驭车狂驰；《礼记·射义》记载孔子射箭"盖观者如堵墙"（看他射箭的人围了里三层外三层，跟一堵墙似的水泄不通）……

丰富的"悦读时光"为学生提供了丰厚的滋养，为学生打开了一扇通向智慧的窗户。

（二）"非凡口才"拓宽学生交流的平台

"非凡口才"是"趣语文"课程中针对学生提升口语表达素养而设置的重要板块。我们通过统编教材"口语交际"内容的实施推进，补充适当的内容，继续在各种交际活动中指导学生倾听、表达和交流，提升口语交际的素养。每个年级上7次课，统编教材4次，开发3次。

四年级组老师结合统编教材口语交际课程，开展了"我是新闻主播""这就是我（自我介绍）""轻叩诗歌大门"朗诵会等活动。表达最出色的学生还能在升旗仪式的讲话环节向全校展示自己的演播和朗诵。

为了拓宽学生交流的平台，我们结合学校劳动主题教育组织了"我是生活小主人"和"我学会了——"演讲比赛。统编教材四下第六单元的习作是《我学会了——》，学生结合自己的生活实践，或学会了包粽子、饺子、糖三角，或学会了游泳、打乒乓球、骑自行车……习作充满个性和学习劳动的乐趣。老师组织全班学生参与演讲比赛，人人讲自己学习本领的故事，并海选投票，优胜选手参加年级比赛，分获"我是演说家"等第奖。

我还结合学校劳动教育主题，开展了"脑力劳动还是体力劳动更有益于健康成长"的辩论会。做好前期辩论赛指导工作后，学生自己主持，挑选辩手，准备资料，展开辩论。唇枪舌剑的视频分享到班群后，得到了家长的连连称赞。

"非凡口才"从一班一课拓宽到年级一课，从口语交际拓展到演讲朗诵，从书面写作转变为辩论比赛，促进了学生的合作与交流。学生的观察力、想象力、思维力、表达力、表现力都得到了综合提高。

（三）落笔有神，重视习作的序列化教学

"落笔有神"是"趣语文"课程中提升学生书面表达素养的板块。我们通过统编教材中"写话""写作"内容实施推进，体现叶圣陶先生提倡的"练习与应用相统一"的原则。

以我们五年级语文教研组指导习作《推荐一本书》为例。先利用"悦读时光"活动，提前指导学生把课内学到的阅读方法运用到课外实践，丰富感受。再结合

课外阅读的收获，利用课余时间，开展"好书推荐"活动。通过"出题考考你""我最喜欢的人物形象"口语交际、演课本剧等不同形式加深读书的理解与思考。习作修改完成后，教师再次指导学生开展"推荐一本书"演讲活动。通过积累与思考—作文与指导—评改与提升三步骤，学生的习作与生活紧密联系，写有所思，写有所用。

课程开发的实践研究让我站在学科的视角看待语文学科建设，知道了学习是由课内延伸到课外，从书本知识延伸到能力培养。使学生初步形成了对我国传统文化的认同，激发了学生学习语文的兴趣，提高学生的语文能力，使学生爱学语文、会学语文、善用语文，真正提升语文素养。

我也在组长的岗位上，遇见了更好的自己；在下一个转角，遇见了焕然一新的自己。作为教学的一位老兵，"青团项目"让我上演了"新的传奇"。

如今，"青团项目"已经结项，但"青团"中的收获，会一直伴随我，向着教育教学更高的目标前行。

基本情况

刘莹，第一期上海市民办中小学中青年优秀教师团队发展计划项目团队成员。现任上海市民办东展小学班主任、语文教师，初级职称。在团队中主要承担"悦读时光"板块设计与实施任务。曾荣获长宁区 2022 年中小学班主任基本功竞赛(活力杯)一等奖，长宁区 2022 年青年教师"数字化转型专题"课题方案设计评比三等奖；在长宁区"走向卓越"教师育德素养评比活动中，《申城风景线，最美苏州河》获主题班会课评比小学组二等奖。

教育感言： 路漫漫其修远兮，吾将上下而求索。

一名新手教师在团队中的成长

上海市民办东展小学　刘　莹

加入第一期上海市民办中小学中青年优秀教师团队发展计划项目团队之初，我是一名刚刚进入学校教学的"大白"，没有任何教学经验和带班经验，我戏称自己是某种意义上的"三无"教师——无职称、无职级、无经验。而今天，在团队老师的帮助和鼓励下，我可以自豪地丢掉那顶"三无"的帽子，在教师的道路上笃学敏行，不断进取。

回顾在项目团队中的成长与收获，我感触良多，也更加感谢项目团队及团队成员对我的指导和帮助。

一、团队项目给我提供了成长的机会

非常荣幸的是,在刚进入学校的时候,陆老师就给了我加入"趣语文"项目团队的机会,让我能在课题的引领下,一步一步跟着项目组学习、成长,由刚开始的毫无经验、不知所措到逐渐适应、逐步上手,甚至还有了在市级项目里发言的机会。

记得刚加入项目团队时,陆老师为每个团队成员安排承担的板块内容。当陆老师提出让我负责"悦读时光"板块时,我整个人慌乱不已,眼神都不敢和陆老师对上,担心因为自己的毫无经验而影响这个板块内容的推进。

陆老师和团队成员看出了我的担忧,陆老师对我说:"没关系的,我们是一个团队,大家都会帮你的,相信自己。"那一瞬间,虽然我还是很慌,但是心里有了底气,背后有了依靠,心里也接受了这个挑战。我鼓励自己:别害怕,这是机会,更是挑战,要抓住它,直面它,最后克服它。

我迈出了团队中成长的第一步:抓住机会,依靠团队,无惧挑战!

当团队项目进展到一半时,有一个中期汇报,需要每个团队成员展示自己,我又开始慌了——因为从没有参加过这样的活动,更没有在这样隆重的场合发过言,甚至不知道自己到底该干些什么。

陆老师和团队成员又开始安慰我,并为我出谋划策,陆老师甚至帮我逐字逐句地练习发言内容,我一遍一遍地练习,团队成员一遍又一遍地听,并给我提出宝贵的意见。

在大家的帮助下,我最终顺利完成了自己在项目团队中的第一次展示。

通过这次展示的过程我明白:没有一次成功是容易的,要相信同伴,更要付出足够的努力,才能让自己获得成长。

我迈出了团队中成长的第二步:信赖伙伴,奋力拼搏,拔节生长。

不知不觉就到了结项的阶段,而这次,我没有不知所措。我不断反思自己在团队中的职责和所做的一切,形成自己的想法后再去请教陆老师和团队中的其他老师。因为我知道,别人的帮忙都只能帮一时,如果想要最终成长,我必须要学会自己独立思考。

在陆老师和团队成员的指导和帮助下,在自己不断地实践和反思后,我顺利完成了自己的成果汇报。

我迈出了团队中成长的第三步:学会独立,学会反思,收获成长。

经过两年在项目团队中的学习,我对于低年级的绘本阅读有了自己的思考,也对中高年级的阅读有了一定的经验积累。

感谢项目团队,给了我这样坚实的成长机会,让我在教育教学中不断前进。

二、团队成员丰富了我的成长路径

加入项目团队的两年,让我对自己的成长路径有了一定的认识和规划,并在团队成员的帮助下一步一步丰富内涵。

(一)更新教学观念,学做思想上的探索者

在加入项目团队以前,我对教师的概念一直只停留在"教书育人"的字面意思上,认为教师就是把教材上的知识点传给学生,从未思考过这背后的含义。随着加入项目团队的时间越来越久,接触的师生越来越多,才发现以前的想法有多狭隘。

刚开始做教师时,我还没有办法去关注学生,大部分想法都已被管理课堂及完成教学任务占据。至于学生今天学了什么、怎么学的、学到什么程度等问题,我都无暇顾及。

我知道,这样的状态肯定不对,随着项目的推进,陆老师和团队成员共同听课评课,我也不断去反思、去研讨。

渐渐地,我的思想开始转变了。

在保证课堂常规教学的基础上,我慢慢有了学生意识,认识到教学并不是我一个人唱独角戏,我渐渐开始与学生有多种方式的互动,开始关注到学生的进步

和发展,开始关注今天课堂教学的目标是不是有落实,开始关注到学生的学习是不是有具体的路径可循……

在一次校级公开课上,一个小朋友说的词语惹得大家哄堂大笑。我抓住这个机会及时对小朋友进行点评和引导。课结束后校长对我说:"刘莹,看到你在今天的课上关注学生的回答,能及时根据现场反应来引导学生,你的这点转变让我很开心。"

校长的点评让我感到高兴,让我意识到,在团队老师潜移默化的影响下,我也在一点一点发生着变化。我不断地向团队老师学习,更新着我的教学观念,学做思想上的探索者,促进自己的成长。

(二)转变教学行为,学做行动上的践行者

说来惭愧,刚做教师时我真的把教学当作一项任务,我要抓紧在课堂中完成我的教学目标,至于这个目标是不是真的落实了,我顾及不到。随着听课、评课、学习的次数日渐增多,我慢慢转变了自己的教学行为,向团队中的前辈学习,哪怕是依样画葫芦学样,我也要改变自己不正确的教学方式。

为了让我们更好地提升,学校也请来了专家张老师来给团队老师讲阅读教学中的阅读策略。

张老师先从理论层面给我们讲解阅读策略的作用,再结合具体的案例来讲解阅读策略在具体教学过程中的实施以及学生在阅读课中的收获,最后再让我们选择一本书籍进行绘本策略性阅读的教案设计以及课堂实践。

印象最深的就是关于提问策略的课堂实践,张老师结合我的教学设计走进我的课堂,亲身感受我的课堂实践中提问策略在阅读课中的落实以及一节课结束后学生的真实收获,并结合课后的点评完善教学的设计和反思,给我的阅读课堂带来了深刻的启发和思考。

学习是提升自己的最快方式,我的课堂行为慢慢发生变化。在课堂上,我发现自己可以观察学生在课堂上的学习状况了,也可以根据学生的行为和语言来进行反馈,或激励、或引导、或陈述、或提问等;我的课堂提问行为也在慢慢发生变

化,由原先的多是非、识记或无效的反问,开始兼顾提问的启发性和目的性等。

虽然这一点还没有完全修炼成功,但是我相信,通过不断的学习和练习,一定会取得更明显的进步。

(三)提升教研能力,学做能力上的研究者

以前一说起教研,脑子里的第一反应是:什么是教研? 我要干什么? 感觉这是一件离我特别遥远的事情。后来才发现,教师和教研是时刻交融的。对于新教师来说,自身能力和水平有限,就更加迫切需要听课和评课等教研活动的展开,通过这样的活动来进行学习,提升、促进自己的专业能力和素养。

很荣幸,我们的团队中有那么多优秀的教师成为我学习的榜样。在加入项目团队的这两年内,我听了空中课堂一、二年级的所有语文课,积极参与校内各项交流研讨活动,认真上好每一节研究课、家常课,及时进行反思和改进,大大提升了自己的教研能力。

我有时会期盼教研时间的到来,这样,我会有更多的启发和思考,让我对课堂教学研究有更进一步的认识。

开心的是,我撰写的教学小结多次发表在了学校的校刊上,这对我是莫大的鼓舞和激励。

2022年的7月,长宁区举办了一次关于数字化转型背景下青年教师课题的评选活动,虽然没有过做课题的经验,但是,在项目团队的带领下,在团队老师的帮助下,我认真参与线上培训,积极参与投稿和评比,这也是我在提升自己教研能力,学做一名研究者的路上迈出的步伐。

三、团队项目见证我的成长

在加入项目团队的这两年中,因为有了学校领导和团队成员的帮助,有了自己的努力和付出,在团队项目的引领下,我的收获特别多:我告别了"三无"老师的名号,破格获得了职级上的提升,也获得了初级职称,更是在一次次课堂实践中丰富了自己的教学经验和带班经验。在2021学年,我在东展小学第六届"我最喜爱

的老师"评选中获得"微笑老师"称号;在 2022 年第十二届"东展杯"教学比武中获得了三等奖,执教了一次校级公开课,并在校刊中多次发表了自己的文章;更荣幸的是,在学校领导的鼓励和支持下,在项目团队老师的帮助和指导下,我参加了长宁区 2022 年中小学班主任基本功竞赛(活力杯),并成功进入了最后的决赛,最终获得了一等奖;同时,我参与的长宁区 2022 年青年教师"数字化转型专题"课题方案设计评比活动也获得了三等奖;在东展小学 2023 年"东展杯"教学比武中,获得一等奖,这些收获让自己的教育教学之路向前迈进了一大步。

回首这一路的成长,我感触颇多:作为项目团队中一片崭新的叶子,团队项目以及项目团队中的老师都给予了我太多的养分,让我茁壮成长。

虽然团队项目目前已经结项了,但是团队项目带给我的成长与思考会一直伴随着我,让我这片叶子生长得更加苍翠,争取以后也能成为别人的养分。

"路漫漫其修远兮,吾将上下而求索。"漫漫征途,路在脚下,我会继续乘风破浪,奋力生长。

基本情况

　　周蓓妮，第一期上海市民办中小学中青年优秀教师团队发展计划项目团队成员。现任上海市民办新北郊中学教师，高级职称。在团队中主要承担课堂实录、教学设计等任务。曾荣获2023年"我心目中的好老师"竞赛"师德师风师能"优秀教师。2022—2024年虹口区教学骨干。在《虹口教育》上发表《初中数学项目化学习浅尝——以"万物皆可测"为例》。

　　教育感言：用爱心启迪孩子心灵，用激情点燃孩子智慧。

团队引领下的教学探索与自我提升

上海市民办新北郊初级中学　周蓓妮

探索高阶思维，优化教学方法

　　两年前，我和学校老师成立了一个团队：依托项目实践推动数学教学团队，我对这是什么项目、什么叫推动百思不得其解。这时候我们开展了第一次学习，也了解到我们需要完成一个"初中数学高阶思维量化指标"的课题，交长对我说："希望你在完成这个课题的过程中不断学习，争取在各方面都能提升自己。"我信心满满，但对"高阶思维"这个团队项目的核心关键词依然感到十分陌生。我对其含义一无所知,更不明白为何要深入研究它,以及它如何在我的职业生涯和个人成长中发挥作用。然而,秉持着完成任务的决心,我开始了我的学习之旅。在初始阶段,我与其他团队成员一同聆听专家的讲座,阅读大量的参考文献,努力吸收和理解高阶思维的理论知识。随着时间的推移,这些理论知识逐渐在我心中生根发芽,激发了我对高阶思维的好奇心和探索欲。

我们团队逐渐对高阶思维产生了浓厚的兴趣,我们渴望知道它如何影响学生,特别是对他们的学习和成长有何帮助。于是,我们开始着手备课和磨课,试图将高阶思维的理念融入课堂教学中。我们在课堂上小试身手,通过实践来检验理论假设。为了更精准地观察学生反应,我们精心录制了课堂教学视频,并反复观摩分析。在每一次的观摩中,我们都试图找到触发学生高阶思维的关键点,以及高阶思维对学生学习效果的显性影响。通过不断地尝试、修正和优化,我们逐渐找到了适合学生的教学方法和策略。

激发创意测量,跨越学科边界

在这个关键时刻,机会悄然降临。校庆的节目单上赫然出现了一个高阶思维的课堂展示环节,接到这一任务时,团队里的人都觉得这是展现我们才华的绝佳机会。然而,方案的构思过程却异常艰难,我们不断陷入"想点子—分析讨论—推翻重来"的循环中,屡次尝试却无果,这使我们逐渐感到沮丧。我们不禁开始思考:如何在有限的片段内,充分展示学生们提出问题、分析问题、解决问题的能力?这一过程是否必须局限在传统的课堂环境中?经过深入讨论,我们得到了一个全新的启示:通过完成一个实际项目,或许能更直观、更有效地展示学生的这些能力。

恰逢校园科技节,我注意到了一个特别热门的项目——测量。学生对此兴趣盎然,下课后在教室里兴致勃勃地拿着尺子四处量。看到他们如此投入,我笑着向他们发出挑战:"亲爱的同学们,你们是不是觉得只有用尺子测量课桌和书本才有意思呢?其实,生活中有无数可以测量的东西等待我们去探索,你们何不课后组成团队去开展一项有趣的测量研究呢？如果你们能拿出令人眼前一亮的成果，下节数学课，我就邀请你们来当小老师，给大家展示你们的发现和收获！"

小 A 同学听到校园科技节有测量项目后，立刻激动地召集了组员。他们巧妙地运用毛线成功测出了旗杆的高度。在数学课的汇报环节，小 A 和他的组员自信满满地模拟了操作过程，并骄傲地宣布他们测量的旗杆高度为 12.63 米。话音刚落，便有同学提出了质疑。有的同学担心毛线具有弹性可能测得不准确，有的则对毛线折叠部分的计算方式表示疑惑，还有的同学认为使用毛线过于浪费。面对这些不同的声音和争执，我示意大家少安勿躁，并请小 A 先谈谈自己的感想。小 A 站起身来，脸上洋溢着兴奋和自豪："作为第一个尝试这个方法的人，我深感自己的创意很有价值。我们是从曹冲称象的故事中受到启发，经过多次实验才得出这个结果。虽然过程中遇到了不少困难，但我们始终没有放弃。"

我对小 A 的创意和勇于探索的精神给予了充分的肯定："你的创意和执行力让我非常欣赏。你不仅将所学知识与实际相结合，还敢于尝试新的方法。这种精神是我们在学习和生活中都应该学习的。"

同时，我也对提出质疑的学生表示了赞赏："你们敢于提出疑问和挑战，这是非常宝贵的品质。科学探索的道路上，我们需要这种质疑精神来推动我们不断前进。我希望大家都能保持这种热情，继续发掘更多的创意和可能性。"

受到首次测量旗杆成功的鼓舞，我决定乘胜追击，进一步激发学生在测量领域的创意与才华。当他们意外发现从教室外的走廊能眺望到远处的"上海中心"时，都兴奋不已。然而，他们也意识到，测量旗杆的方法显然无法直接用于测量如此遥远且高耸的建筑。经过热烈的讨论和翻阅资料，同学们最终决定采用三角比的测量方法。他们从五楼的窗台出发，测量了上海中心的仰角，并利用手机定位确定了水平距离。然而，一个新的问题随之出现——没有专业工具如何测量仰角？

在困境面前，我鼓励他们要善于利用身边的学习工具。很快，有学生提出了一个巧妙的解决方案：利用圆规的开口来模拟视线与水平线之间的夹角，从而测量出仰角。这一方法不仅简单可行,而且展示了学生的创新思维。还有同学提出了另一种测量上海中心高度的方法,即效仿测量山高的原理,只要拥有足够长的距离,即使不知道测量地点到被测物体之间的具体距离,也能通过测量两次仰角来计算出被测物体的高度。这一想法的提出,再次展现了学生在解决问题时的灵活性和创造力。

在两次成功的测量经验之后,团队老师们鼓励我是不是可以激励大家再尝试更大的物体呢?一周后的课堂上,小D激动地宣布:"我们运用了最近学到的小孔成像原理成功测出了太阳的直径,是139万千米!"我由衷地感叹于学生的团队合作精神、交流能力和互助精神。更让我们惊叹的是,他们能跨越学科的界限,将不同学科的知识相互关联和融合,将理论知识"还原"到真实世界中,使不同学科知识之间建立了紧密的联系,通过数学抽象和合理推理,学生不仅能感受到事物之间相互转化的辩证唯物思想,还能将这种思想应用到实际问题的解决中,这种跨学科的学习方式和思维方式,无疑将为他们的未来学习和职业发展打下坚实的基础。

学生主导课堂,高阶思维绽放

经过一系列富有挑战性的测量任务,我们对高阶思维的概念有了更为深入的认识。当一年一度的团队结项临近,我们再次面临汇报交流课的重任时,团队顾问胡老师提出了一个创新而富有挑战性的建议:让学生成为课堂的主导,通过自我提问、解答和总结,来主导一节复习课。

我坚定地接受了这一挑战,并着手开始备课。团队老师都将自己视为开课的老师,积极投入备课过程中,共同打磨课程细节。老师们提示我需要清晰地梳理知识脉络,设计一系列有深度、有层次的问题串,引导学生逐步深入分析、思考和总结;还要充分考虑班级学生的个体差异和需求,确保每个学生都能在课堂中找到自己的位置,体验到高阶思维的魅力。通过这样的教学模式,我们期待能激发学生的求知欲和探索精神,培养他们独立思考和解决问题的能力。

　　首先,从简单的知识梳理开始,引导学生进行第一次总结,回顾并总结他们已有的经验和知识。这一步是为了让学生巩固基础,明确已掌握的内容。接着,鼓励学生自行补充问题,进行全开放式的提问。学生可以根据所学内容自由提取信息,做出图中角度的判断或线段长度的计算。他们也可以将所学知识进行整合,识别出等腰三角形、相似三角形等特殊图形的信息。我还鼓励学生从不同角度、不同层次、不同方式理解图形的数学事实,形成新的观点,甚至提出关于边角转化、面积计算等深层次问题。学生还可以展开合理的联想,提出一个需要证明的"是"或"否"的命题。在第二次总结时,引导学生分析问题的生成过程,探讨这些问题如何与第一次总结的结论相呼应。通过这个过程,学生不仅能深入理解问题背后的数学原理,还能建立起知识之间的联系,形成更为完整和系统的知识结构。

　　在进行深入的教学互动时,胡老师强调了灵活追问的重要性。为了激发学生的主动思考,他建议学生以小组形式共同解决之前提出的问题,并鼓励他们上台分享自己的解决方案。这一过程中,我们目睹了不同学生对于同一数学事实展现出的多样化思路,他们不仅展示了多种解题方法,还对这些方法进行了比较分析,从而作出合理的判断,形成了更优的解决策略。小组合作与分享的学习方式,不仅锻炼了学生的策略性思维,还促进了他们批判性思维的发展。通过对问题、观点、方法以及思考过程的多角度转换,学生形成了对立统一却又能相互转化的深刻认识。这种教学方式极大地激发了学生的主观能动性和学习数学的热情,同时也提升了他们在解题过程中的成就感。在学生分享和讨论之后,胡老师建议进行第三次总结。这次总结的重点在于方法的关联性、思路的一致性以及命题的连续性。通过这一环节,学生能更加清晰地认识到不同解题方法之间的内在联系,理解到解题思路的连贯性和系统性,同时也能更好地把握数学命题的连续性和发展性。这样的总结不仅有助于巩固学生的学习成果,还能为他们的后续学习打下坚实的基础。

　　在课程的尾声,我精心安排了一项开放性的编题解题长作业,以此作为学生知识认知与习得向数学思维高阶培养的重要迁移途径。在这项长作业中,学生将自主编题并解答，这不仅是对他们知识掌握程度的检验，更是对他们创新思维能力的锻炼。在完成长作业后，学生还将有机会相互辨析，通过讨论和分享，求得共识，这一过程不仅能加深他们对数学知识的理解，还能培养他们的批判性思维和团队协作能力。

经过两年的刻苦学习和深入探讨，我致力于在专业领域内更上一层楼，力求在职称上实现突破。在这个过程中，我更加专注于钻研教材教法，勤于思考如何拓展学生的思维途径，并且持续不断地总结教育教学经验，努力使我的教学更具专业性和实效性。在团队的鼎力支持下，我于 2021 年荣获了虹口区虹教系统爱岗敬业教学技能评比二等奖，并成功地从教学能手晋升为教学骨干。2024 年，我更是荣幸地评上了高级职称，这是对我过去努力的肯定，也是对未来工作的鞭策。

我深知，个人的力量虽然可以让我们走得更快，但是团队的力量才能让我们走得更远。在平凡的教学工作中，我们共同探索、共同成长，于细微之处见真章，于讨论交流中促发展。虽然当前的项目已经结项，但是我们的努力与追求不会止步，我们将继续携手前行，共同为教育事业贡献自己的力量。

基本情况

梁祖明，第一期上海市民办中小学青年优秀教师团队发展计划项目团队成员。现任上海市民办新北郊初级中学六年级数学备课组长，中学一级职称。在团队中主要承担项目化学习的实施和会议记录。2023年5月，其"认识保险"教学案例被中国财经素养教育协同创新中心案例库收录。2023年12月，在第四届上海市民办中小学青年教师教学竞赛中获得一等奖。

教育感言：为孩子建立成长的平台，亦是教师自身成长的契机。

"项"上成长，"项"下扎根

上海市民办新北郊初级中学　梁祖明

踏入工作岗位的青年教师要经历怎样的磨炼才能逐渐走向成熟呢？

作为一名青年教师，在工作过程中我经常会遇到各种各样的难题，有些问题一直萦绕在我身边，有时会出现在我漫步操场时，有时会出现在夜深人静独处之时，有时会出现在沐浴更衣放松之时……

三年前，我加入了邵老师领衔的团队，在与组员朝夕相处的过程中，那些时常萦绕在我心中的问题慢慢找到了解决方案。

一、技能在项目中成长，功底在钻研中夯实

犹记得三年前，我正在准备一节区公开课，内容是"相交线、平行线"的复习课。对于我来说，系统地准备一节复习课的经历并不太多，对于如何上好一节复习课并不太清楚，包括它的流程，它的注意事项，它的重难点，题与题之间的衔接，预设与生成之间应该如何进行引导，如何启发学生关注思维的起点，等等。带着这一系列问题，我开始了小心翼翼的尝试。

我怀揣着忐忑与期待开始了这场未知的探索。第一次试讲，我像是被一股无形的力量推动着，语速飞快，试图将所有的知识点一股脑儿地灌输给学生。然而，当我沉浸在这种自我陶醉中时，周老师的话像一盆冷水浇在我的头上，她说："梁老师，你设计的题目知识点太多了，复习课应该聚焦最应该解决的问题。"我愣住了，心中涌起一股不甘与疑惑：学生真正需要的是什么？我该如何引导他们？

在第二次试讲中，我试图精简题目，但李老师的话又让我陷入了深思："题目精简了，但题与题之间有着怎样的逻辑关系？你想解决什么问题？又是通过什么教学手段达到你的教学目标？"李老师的灵魂"三问"让我意识到：我之前的努力只是停留在表面，没有真正触及教学的核心。这时，许老师提了个建议："你可以把这道题的条件和结论换一换，这不就把性质和判定都复习到了吗？"这时，张老师应和道："变式训练是我们教学中最常用的手段，把条件和结论互换位置是策略之一，有时还可以弱化条件或者弱化结论等，那什么是弱化条件呢？比如原条件是 $\angle A = 30°$，改为 $\angle A = \alpha$。"听完我瞬间明白了。于是，我决定要用变式训练贯穿这节课的始终。

第三次试讲时，通过更换题目中的条件和结论的位置，我试图引发学生的思考和讨论。然而，当我满怀信心地以为已经做得足够好时，亲切的邢老师却给了我一个更加深入的指导："梁老师，你的变式训练做得不错，不过我们可以再进一步。"邢老师微笑着说："如果只停留在更换条件和结论的层面，学生的思维量可能还不够。我们需要结合图形的变式来丰富教学内容。想象一下，如果图中的平行线不仅仅局限于图形内，而是可以延伸到图形外，或者结合翻折和旋转的图形变换，那会给学生

带来多少新的启示和挑战?"邢老师的话让我陷入了沉思。确实,我之前的设计过于单一,没有充分利用图形的变化来提升学生的空间想象能力和问题解决能力。

就在我陷入困惑时,邵老师走了过来。她微微一笑,仿佛要把我带入一个全新的教学世界。"梁老师,我知道你对那道题目有疑虑,觉得它对学生来说可能太难了。"邵老师温和地说,"但你可以依照这样的逻辑追问学生:'我们现在有哪些已知条件? 我们想要得到什么样的结论? 为了达到这个结论,我们需要哪些额外的条件? 而我们目前又缺少哪些条件呢? 这些缺少的条件,我们又该如何通过已知条件来求得呢?'"

邵老师的话像一盏明灯照亮了我前行的道路。她不仅解决了我的困惑,还为我提供了一种全新的教学方法——通过追问问题内在的逻辑链来引导学生主动思考和探索,培养他们的逻辑思维能力和问题解决能力。

在第四次试讲中,我与学生的互动更加自然流畅,知识的衔接更加紧密。我感受到了学生的变化,他们开始主动思考、积极发言。这一刻,我深深地体会到了教学的魅力。

正式上区公开课之前,顾老师和许老师替我做了一个PPT模板,让我在审美方面得到了提升,最终,公开课很顺利地完成了,得到了许多老师的褒奖,其中就有老师感慨:"你们学校在培养年轻教师这件事上很用心,团队也很有凝聚力,这是你们学校内在精神文化的体现。"

通过这次区公开课的磨炼,团队伙伴的提点——"聚焦核心,精简设计",我在教学策略方面获得了实实在在的提升,在提问学生和反馈学生方面变得更为专业了,在教学设计方面更能抓住重难点了,明白了团队成员为什么推荐这样的变式题目。原来我也和学生一样,有些问题是需要一步一步解决的,一次探讨解决我身上的一个主要问题,一堂课也应该聚焦学生身上最为突出的问题,找到它并突破它,这才是基于了解学情之后的再设计、精设计。

二、综合素养在项目中成长,教育情怀在心田扎根

两年前,我带着论文鉴定表、课题结题表、作业设计三等奖等材料,参加了中

级职称的评定。整个过程中，《分式的意义》的教学设计要比之前"相交线、平行线"成熟许多，团队中的刘老师为我解释了教材修改的意义与目的，让我更理解概念课的教学设计的侧重点在哪里。就在我以为胜券在握的时候，评定结果却未能通过。这让我大跌眼镜，我感受到了前所未有的失落与挫败。幸运的是，团队成员纷纷前来给予安慰，让我从失落中走出来，其中，顾老师主动邀请我去听她上的初三复习课，以此来提高我的解题能力和讲题能力；邢老师让我编制初二的期末复习卷，以此来提高我的编题找题能力；刘老师邀请我的女儿和她的女儿一起去学习打乒乓；邵老师不仅表达了对我的宽慰，还传达了"相信我可以"的眼神，并决定把项目化学习的任务交给我，激发了我久藏于心的斗志。

一年前的某天晚上，我们团队出现在浦江邮轮上，一边欣赏着流光溢彩，一边探讨项目化学习的内容。这次项目化学习的主题是与财经素养有关的，邵老师的建议是讲"资源是稀缺的"，而我的想法是讲"认识保险"，因为实践过程中，我发现，学生对保险比较感兴趣，而且也有一定的理性了解，同时，保险对于国家也有着积极的作用，我也可以挖掘其中的德育内容。李老师为我介绍了太平洋保险的总经理——王经理，王经理亲自为我讲解了太平洋保险公司的历史和成立初衷，让我大开眼界，对保险的理解也更深刻了。张老师为我推荐了"学霸说保险"的小程序。许老师为我推荐了"哔哩哔哩"视频软件，让我找到了视频"保险的分类"，为我的课堂节约了时间，也讲解得更清晰。张校长建议我与数学学科结合起来，体现自己的学科优势，于是，我又在知网上搜寻到了同一个保险的两个方案，期待学生通过计算选择更适合的保险方案。最终，"认识保险"这节课被中国财经素养教育协同创新中心案例库收录。

通过"认识保险"这一项目的磨炼，我意识到：在项目实践过程中，我可以知道更多获取资源的渠道，对于开发新的教学案例更有信心，同时，我还意识到：只有我懂得更多，学生才能学到更多；只有我抓住的机会更多，学生开眼界的机会才会越多；只有把我的教学和上海国际金融中心的定位相结合，才能更理解学校将"金融与理财"这门兴趣课程交给我来研究和拓展的意义，我对于自己的职业又有了全新的认识。

在"认识保险"这节课后的一个月内,我又在团队成员的帮助下,完成了第二个项目化学习——"七年级学生 4×100 米接力区域长度的测量"。这个测量方案是张老师无私奉献的,每当我遇到困难踌躇不前时,张老师总会为我指点一二,在撰写方案报告时,许老师还教会了我用 Excel 绘制散点图和拟态曲线,再加上之前的一些经历,我还琢磨出了一个测量方案的流程图,自己甚是满意。

通过"七年级学生 4×100 米接力区域长度的测量"这一项目的磨炼,我发现我与参与测量的学生关系更为紧密了,也找到了一条激发孩子主动学习、积极探索的新路径。更为重要的是,我能以更多的维度来了解我的学生,那种真切的、畅快的沟通之后所带来的师生和谐共进的氛围在某种程度上也完善了我的教学理念和教学行为。

结　语

2023 年,我带着多年的努力和这三年的宝贵财富,在团队老师点点滴滴的帮助下,顺利通过了中学一级的评定。同时,36 岁的我似乎已经到了事业倦怠期了,但又好像每天都充满了动力,要为下一个目标继续奋进了……

回到最初的问题,青年教师要经历怎样的磨炼才能逐渐走向成熟?我想,在项目化学习的实践过程中,教师教育教学的基本能力,对于学科的理解和学科间的整合能力,对于准确获取学生需求的能力,对于创新开发新案例的能力,对于教育技术的运用能力等都能得到十足的成长,同时,又能促使教师思考教育的本质,即"为党育人的初心不能忘,为国育才的立场不能改,要始终坚持以立德树人作为教师的根本任务"。最后,一个学生的幡然醒悟离不开老师和同伴的谆谆诱导,唤醒一个青年教师的教育情怀也一定离不开邵老师领衔的团队成员间的相互帮助和鼓励,更离不开组织的关心和颇具挑战的项目。因此,当一个青年教师下定决心要改变自己,愿意主动承担各类责任,立志成为一名人民心中的好老师时,他的教育情怀一定能感染同行,我想,这应该就是逐渐走向成熟的标志。

基本情况

张超，第一期上海市民办中小学中青年优秀教师团队发展计划项目团队成员，在项目中主要负责文献研究、数学高阶思维在课堂教学中的渗透。目前承担新北郊初三数学两个班级的教学工作。任教五年有余，获得过征文大赛奖、新教师培训奖。

教育感言： *爱是一股永不停歇的清泉。*

三疑而获

上海市民办新北郊初级中学　张　超

入职五年有余，未曾有论文或职称评定，但也常思自己教学的得失。然思而不得，甚是困惑，虽有师傅在旁，但世间之事皆如此：解铃还须系铃人。幸而入了团队，于阴暗中遇见了阳光，于沧海中觅得了方向。过往思而不得之事，开始论而有得，做而有力，人也有精气神。古话有："心通则意达则事顺。"端坐于此，再思教学之失与得，往事如晴天白云，有微风拂面，有细细鸟语，旷达之意，美哉美哉。

三　疑

一疑： 不识庐山真面目，只缘身在此山中。

常有此疑惑：自觉课堂生动有趣，可为何课堂反响强烈，课后作业却是一塌糊

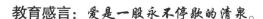

涂？有些问题，自认为讲得很通透，学生们也大呼懂了，可为何一错再错？学生也跟着困惑。身在课堂之中，却屡屡为此疑惑不前，不得详解。

二疑：本不是阳春白雪，谱了个曲高和寡？

也有此疑惑：自觉内容简单易懂，可学生总是面面相觑，不知所云。提问自认为恰当合理，应稍加思索，便可获解，可学生总是战战兢兢，毫无信心，且总是答错。曾一度怀疑，难道初中数学是少数人才能学会的学科？难道我的境界太高，已是阳春白雪，不懂"凡人"之苦？可再三调整，无论铺垫多么简单，学生依旧不愿答、不敢答。怯数学之情，溢于言表了。

三疑：车到山前必有路，柳暗花明又一村。

最后不得不怀疑自己：大概我不适合教书，我甚至拿出曾经的"学霸身份"开解自己：我是学霸思维，和他们所思之处无法契合，也是平常。可越是如此，我越是苦恼，恼的是怀疑自己今生能否成为一个卓越的教师，自己终究被"学霸身份"所累……直到我遇到团队，蓦然回首灯火阑珊处，答案一直就在身边。

三　思

一思：一花独放不是春，一言之堂难为学。

曾以为，知识点讲得透，就是好课。于是，在几十平方米的空间内，我的嗓音嘹亮起来，头头是道，自我感觉良好。从一节二次函数课讲到二次函数图像，自认为从铺垫引入到新课生成，到例题解析，到课后总结整个流程一气呵成，未得半点顿挫，好些学生频频点头，但课后学生给我送来了困惑：老师，为什么开口向上的二次函数的顶点不叫底点；老师，除了一次函数，还有其他函数是直线吗？老师，有没有三次函数？

我羞愧于自己未曾让学生有在课堂表达困惑的机会，更惊讶于学生思维的天马行空，不可预计。再精细的备课也不能将所有学生的思维打包起来，然后在课堂一一抖落呈现。唯有好的师生信任和情感基础，好的课堂提问与质疑氛围，以及鼓励性的答疑解惑,才能让学生问而有答、困惑有解、答后有思、思后有趣、趣而生乐、乐而好学、学后好问。

二思:山不在高,有仙则灵,问不在多,引思则行。

初尝甜头,我便如法炮制,课课提问,虽问必答,可久而久之,学生开始厌倦,滥竽充数者在这样的环境中开始显现。问题质量不高,不必深思,不必深思,答题便是动动嘴巴即可,看似是一堂积极互动的课,实则学生收获寥寥。

团队开始讨论:如何引深思?有人说,问题要难,可难则却步,学生积极性不高。有人说,那就铺设问题台阶,步步为营,可阶数几何,阶高几许?如何确定?可做不同尝试,不同学生不同班级可能大不相同。同一问题,不同的提问方式到底如何提问也做了讨论与尝试。能问缘由,不只问结果。譬如,如此提问:当我们知道二次函数的二次项系数大于 0 时则图像开口向上,那么开口向下呢?还是可以这样问:为什么二次项系数小于 0,会开口向下,我们怎么理解这个答案?不但问果,且问缘由。不在于答案本身是什么,而在于答案的本质是什么。再譬如,不在同一条直线上的三个点可以确定一个圆,那么在同一条直线为什么无法确定一个圆,可否作图说明?再譬如,在学完三角比后,可以讨论为什么我们要学习三角比。学而有疑,学而有思,学而有问,学而有获。

三思:问渠那得清如许,为有源头活水来。

即便如此,在很多问题得到充分讨论和思考后,不同的课,不同的时间,不同的学生,会有完全不一样的反馈。所谓高阶思维,我个人认为,只是指明了一个教学思考的方向,它让我学会了处处需换位思考,处处需多角度思考,处处需以学生思维能得到最大发展为目标的指向。团队常聚,即便如今早已结项。我们常论常新,新的东西一直在诞生,我想,这应是团队的意义所在,也是项目活动的意义所在。

问渠那得清如许,为有源头活水来。只要不停止思考,就一定会不断改良课堂,但愿课堂常新,为有源头"活水"来。

三　行

一行：千里之行，始于足下。

时常和团队在一起，才发现榜样无处不在，只是未曾仔细观察。单举一例：团队领衔人邵老师，常见她笔耕不辍，每节课必有大量的手写教案。以往教案，我都是电脑打字，效率高，速度快，且易修改。后来，我也模仿着邵老师，用笔慢慢写，思维慢慢耕，才发现，第一遍备课时用笔的好处，它让我心无杂念，沉浸于备课之中，思路更清晰，思维也开阔起来。等到第二遍备课时，才将内容输入电脑，往往这时也能一边输入，一边修改其中的不妥之处。如此一来，在备课方面，可谓是觅得良师，偷来本事，美哉美哉。这样备课，虽说慢了些，可课上起来更加流畅，学生的反馈也更加积极。

突忆起不知哪里听来的一句话：备课花的时间要远比上课时间要长，肯下功夫，踏踏实实备课，才能在教育之路上越走越好，越走越顺，越走越远。

二行：不积跬步，无以至千里。

师傅常说我是个急性子，总想心急吃热豆腐，一次性把问题都解决。刚开始不知我到底哪里着急了，可和团队一起久了，常常听到这样的话：学生这种问题，不能急，慢慢来，先这样再这样……譬如，学生期末考差了，我心急，恨不得立马冲到学生面前质问，有没有好好学习？学生总是不会，我心急，我又恨不得给他布置几十道类似题，这下总该会了吧？

可团队伙伴告诉我，对于成绩，要找到根源，再慢慢对症下药，有的是家庭问题，有的是学生问题，有的甚至是自己的问题，不能一着急，就归因于学生不努力。对于课堂，更不能着急，越是清晰表达，娓娓道来，学生学得越扎实，要给学生充分思考和讨论的机会……

不积跬步，无以至千里。不一点点去做正确的事情，而是在孩子们身上急于求成，是永远不行的。这便是团队给我的教育智慧。

三行：三人行，必有我师焉。

虽是个初出茅庐的老小子，可也知自己所能和所不能。所能之处，在于我大学时期，所学物理化学偏多，专业更是几乎把物理学了个遍。成为一个数学老师，是我的心愿。于是，我舍弃了专业，捡起了心愿。

在团队里，我常常别出心裁。以一个物理和化学爱好者的角色，参与团队讨论，在团队需要好的课题时，我常常能想出好点子。测量太阳，4×100米接力，这些颇受好评的点子，可都有我的影子在里面。

于是，我给了团队一些星星点点，团队也给了我更多收获。

三　　获

一获：从要学到想学。

年龄渐长，觉得自己不是个爱学之人，但依旧在为人之师，可否重拾学习之兴趣，以身作则？我常自问：兴趣是最好的老师，可千人千好，很难会有一个班级，大家的兴趣都在数学。课堂变得有趣、有问、有答，有获之后，学生对于一个不知晓的问题展现出了人类身上最普遍的一个特质——好奇心。

"老师，为什么这道题非得这样做辅助线？

我：看来你已经问过自己了，我这个问题也想了很久，我有我自己的答案，但不一定对，你可以参考一下！

老师，我觉得您的方法很好，可是，我发现了一个更好的方法！

非常好！你比老师厉害多了！"

"老师，宇宙为什么是黑色的？天上不是有很多星星吗？（他们有时候问的不是数学问题）

我：老师也不是很清楚，但我愿意和你一起讨论！

好呀！"

通过课堂合理的设问，再鼓励，学生对于任何问题都有好奇心，他们往往不是寻求一个答案，而是喜欢寻求答案的过程。好些时候，一堆学生会围着我，拿着一道题,或者一个问题和我一起讨论,一会儿同意我,一会儿否定我。

对于万千知识,他们想学的太多。

二获:从想学到乐学。

当发现自己能找到问题答案时,他们变得很爱学习。仍记得一次,我总结一个三角比的规律时,课堂中已经出现这样的声音:"哇,还能这样做,老师你是怎么想到的?"

我诚实回答:"因为我花的时间很多,我每年有大量的时间思考这个问题,常思常新,每次都会有更好的结论,不知道聪明的你们能否短时间打败老师,有更好的解决办法?"

他们不仅对有没有更好的办法感兴趣,甚至在讨论,张老师是如何想到目前这些办法的。于是,开始有人向我提各种问题,课堂变成了他们提问,我回答。

直到上午的课结束后,下午办公室来了三四个学生:"老师,我们想出来了比您更好的方法!"

虽然后来确认,他们的方法可行,但我不认同更好,我没有否定他们心目中的更好,而是说:"很不错,你们是天才,我几十年的功力你们不需一朝一夕就能赶上。欢迎你们用我的方法和自己的方法去做比较,有了大量的实践经验后,选择合适的去做。"

他们已经在学习的路上,找到了获取知识的快乐方向——向未知求问,对已知存疑。

三获:从乐学到帮学。

班级中偶有不愿学习不愿动脑的学生,可大环境是人人在学,人人好问,他们未免被边缘化,导致愈加不自信。再加上越来越被拉开的成绩,让他们对数学更是少了自信与自我救助的勇气。

于是,在我的号召下,学生讨论问题时,开始有了他们的影子,他们被同学肯定,被老师肯定,淡化了成绩,而有了对问题思考后的乐趣。

比如,有时候可以问一些很简单的问题:"同学们,老师有个疑问,为什么在这道题中，我们要添加一个垂线段？请从各个方面去思考，请分组讨论。"于是，那些爱思考爱争论的同学带着不爱思考的同学一起在争论。在课堂中，他们各自的观点都被我肯定，甚至很多时候，我会更加肯定那些不爱思考的学生的想法，实事求是地认为，他们的观点我想不到，更有新意。

<h1 style="text-align:center">又　疑</h1>

尽管项目已经结束，尽管似乎有很多问题在我心中得到解决，我的教学也因此获得了学生的喜欢和认可，可是，常思常新也常疑，在想成为卓越教师的路上，我不肯在有所获得之后就停滞不前。我想，新的疑问一定会接踵而来，譬如：

一疑：惰性人皆有之，如何应对？

如今，学生确有课业压力，难免有学生会在一段时间后，即便有再大的兴趣，再多的信心，可在考试过后，信心无，在日复一日之后，兴趣也无。有的学生慢慢选择了以懒惰的方式面对学习，比如作业不够认真、课堂不够积极。

有了常思常论常新这样的想法后，同事经常会探讨这件事。我甚至还会拿这个问题和学生一起讨论，有时候效果很好，绝大多数选择懒惰的学生，会有不错的反弹表现。

二疑：减负减量但不减质，怎么做？

课堂的效果要在课后的作业质量中体现。作业如何布置，多少量？哪些是不必做的题，哪些是必做的题，哪些又是可以选做的题？哪些题又能和课堂一样，指向高阶思维，既能激发学生们思考的兴趣，又能引发他们高阶思维的产生？

三疑：这样的数学课到底教给学生什么？

这个问题的答案可能会一直更新。我现在的答案是，教会他们有信心有勇气去面对生活中的困难，而不是选择逃避；教会他们对这个世界充满好奇心，而不是人云亦云，不知道独立思考；教会他们合作解决问题，而不是单打独斗；教会他们用数学的思维去发现问题、解决问题。

结　语

刚入职时的困惑,现在已变成我心底里的某种笃定:不管面对什么样的学生,坚持常思常论常新,最后,还要常怀希望。在项目组的这两年,我最大的一个感受就是:不管什么问题,不一定都有答案去立马解决,但一定都有希望。所谓希望,无非是我们内心深处对教育的那份初心,只要常怀初心,每个学生都有一个小小的世界,每个学生都是一个小小的希望。

而每个小小的希望都会带着我,把课堂的美好进行到底!永不言弃!

基本情况

　　方莉，第二期上海市民办中小学中青年优秀教师团队发展计划项目团队成员。现任上海民办平和学校小学部英语教师，英语教研组长，小学高级职称。在团队中主要担任英语学科及跨学科项目设计及实施任务。曾获全国首届小学英语优质课评比一等奖。在《上海英语教研》上发表《小学高年级英语阅读"图片环游"模式案例分析》一文。

　　教育感言： *好的教育，应该让教育者和受教育者都得到成长。*

健康的教学生态需要求"真"

上海民办平和学校　方　莉

发现"真"问题，启动"真"项目

　　乘着"民优"计划在我校推进的东风，三年来，我与诸多优秀的同事一起，以项目化学习实践为载体，获得了许多宝贵的体验。

　　又是一个新学年，按照学校对"民优"计划团队成员的要求，我又要构思新的项目了。这一年，我和另外两位团队小伙伴迎来了新一批一年级学生。这些六七岁的学生初次踏入校园，满怀好奇却又带着不安和焦虑。在与学生的交谈中，我们发现他们对于学业表现出了过度的担忧，这些压力明显多来自家长。

我们决定采集"入学前的担忧"视频，让孩子说一说上学之前都有什么样的担心。"怕考不到 A$^+$、怕被家长责备、怕作业太多、怕被嘲笑"……当这些话从天真的孩子嘴里说出的时候，有些出乎我们的意料；同时，孩子这些真实的、可爱的、令人有些心疼的担忧也促使我们深入思考：如何帮助孩子更好地适应小学生活？如何在学校教育目标、家庭教育期待和孩子内驱力之间建立有效链接？如何让这些稚嫩的孩子安心？

针对上述"真"问题，我们需要思考新项目的方向，其中包括目标和方式两个内容。

平和教育的目标是什么？多数家长耳熟能详的是我们的校训——平而不庸，和而不同。我们总觉得这样的四字箴言对一年级孩子来说太难理解了。我们又想到了其他的办学理念等，但都不适合介绍给六七岁的孩子。某一次讨论中，不知谁冒出了"自由"这个词，我们希望孩子来到学校依然可以感到心灵的"自由"，能"自然而然"地生长。有了！自主、自信、自由、自然、自省——这就是平和"五自"精神。目标找到了！这"五自"精神，既是学校的育人目标，也是所有平和人共同追求的风貌。

可具体的项目方案是什么呢？我们请班主任老师在班会课上给孩子详细讲了这五种精神，但这远远不够，孩子不可能通过一节课就能真正理解这五个词，我们希望通过孩子更喜欢的方式，更温和且持续地传递这些期望。

三人冥思苦想，突然有一天，我们在日常的交流中得到灵感——平时，我们三位妈妈都是绘本的忠实爱好者，每天都会给自己的孩子读绘本，经常互相介绍好的绘本。同时，我们也都很擅长读绘本，无论什么时候，只要说给孩子读绘本，他们都会放下手里的玩具飞奔到妈妈身边，准备享受一场温馨、舒适的亲子时光。我们可以通过绘本阅读帮助孩子了解平和"五自"精神！"初来乍到，请多关照"一年级英语学科项目化学习由此展开。

实施"真"项目，链接"真"情感

要想用简洁的语言向孩子传递"五自"精神，我们自己先要有深刻的理解。于是,我们聆听了"五自"精神的提出者万玮校长讲解其内涵——平和"五自"精神的核心是自主。古今中外好的学校教育和家庭教育都表现为自主。自主即自己的事情自己负责。自由与自然互补:每个人内心都追求自由自在的生活。教育最终要让人进入自由王国,孔子的"七十而从心所欲,不逾矩"即自由。而教育是农业,是生长。自由不是绝对的自由,要符合规则即"天道"即自然规律。遵循了自然之道,一定会自由。自信与自省互补:真正的自信必须建立在自省的基础上。孔子曰"吾日三省吾身",朱永新教授发起的新教育实验也强调学生每日反思。真正成功的人都非常谦虚。以上字字箴言令老师们深思——我们自身是否具备这"五自"精神? 也许,我们能和学生共同成长。

项目化实践必须与已有课程相融合,否则很容易成为老师甚至孩子的负担。根据教育局要求,一年级开学第一个月为"学习准备期",我们选择了四本经典绘本——《David Goes to School》《My Friends》《Pete the Cat I Love My White Shoes》《From Head to Toe》作为英语课程内容。在研读绘本和了解作者的过程中,作为教师的我们获得了很多力量,那是一种理解和友好对待儿童的决心。正如《From Head to Toe》作者 Eric Carle 所说:"学校对于孩子来说是一个陌生且新的地方。它会是一个快乐的地方吗? 那里有新的人,老师,同学——他们会友好吗? 我相信,从家到学校的过渡是童年的第二大创伤,第一当然是出生。事实上,这两种情况都是离开一个温暖和保护的地方,进入一个未知的世界。未知常常带来恐惧。"

学生从这四本经典绘本中感受到了责任、规则、自信和爱。而面对孩子的初来乍到,我们视为使命。

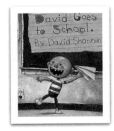   

在与孩子共读的每一天,我们都能感受到经典绘本给这些小小心灵带来的滋润和启迪。孩子发光的眼睛也让我们乐此不疲。学习准备期结束之后,我们的绘本阅读计划还在继续。围绕平和"五自"精神,图书馆老师开出了"五自"书单,按书单添置了五个主题下一百多本中英文绘本,阅读的过程就是对"五自"精神的解读过程。如"自主"主题下的绘本《Sarah Gets Dressed》中萨拉虽然年纪小,但对穿衣风格却有自己独到的见解;又如"自由"主题下的绘本《Mole and Baby Bird》中鼹鼠把一只受伤的小鸟带回家精心照料,但很快,鼹鼠陷入了困境,是把小鸟留在家里当宠物呢,还是让它自由地飞翔? 浅显的文字中蕴含了深刻的道理:爱不是占有,而是给予自由;再如"自然"主题下的绘本《We're Going on a Bear Hunt》用有趣的故事、轻快的节奏,还有清新的图画,身临其境的纸上探险,让孩子一起分享了捉狗熊的兴奋与惊险! 这些绘本令师生甘之若饴。

孩子可以在教室里随手拿起一本和伙伴一起阅读;也可以在周五下午走进图书馆,和爸爸妈妈一起参加亲子"悦"读会。他们还把自己阅读的感受分享给即将来平和读书的弟弟妹妹和他们的爸爸妈妈。

联系"真"生活,表达"真"感受

绘本中的精彩故事如何与生活联系? 孩子对小学生活的体验是怎样的? 光是阅读绘本还不够,每个孩子都要有表达的机会。我们又一次将镜头对准孩子,收集他们的心声,听他们说说自己如何在学习生活中切实体会到"五自"精神——

"我上课认真听讲时,感到最自信,因为我想学的都学到了。"

"我在操场上奔跑时感到最自由。"

"我上课有点困了,老师就让我睡一会儿,我感到最自然。"

"我住宿时能安排好自己的学习,管理好自己,我感到很自主。"

"我每次都会反思今天还有什么可以做得更好,我感到这是自省。"

……

孩子的表达充满童真,这触发了我们想要再给孩子创造一个"爽一下"的机会。于是,我们组织了 Book Character Day 活动。这一天,孩子打扮成书中的角色,为"五自"精神代言。他们分享自己的见解,解说为什么这个角色可以成为平和"五自"精神的"代言人"。深受孩子喜欢的 Nate the Great 系列读本中的主角大侦探 Nate 被很多孩子选为"自主""自信""自省"的代言人,因为他总是主动寻找线索,解决问题,从不放弃,失败了再重来,直到解开谜题。还有孩子认为《David Goes to School》中的 David 代表了"自然",因为他刚上学所犯的各种错误真的很像自己。这次活动,也像是一场绘本交流会,孩子的阅读选择更多了。通过阅读,孩子建立了我与书本、我与世界的链接。他们在提交的"小绿豆故事汇"视频里,表达了对平和"五自"精神的理解和思考。英语课外阅读的种子得以埋在孩子心中,他们一直保持对阅读的浓厚兴趣。作为三位热爱教学工作的英语老师,我们悄悄欢喜。

阅读润我心,教学永求"真"

陪伴孩子的平和第一年,贯穿了"初来乍到,请多关照"这个项目式学习。回想起来,我们真庆幸设计并实践了这个项目。PBL(Project-based learning)必须解决生活中的真实问题,并始终以学生为中心,这个项目中可迁移的是——进入新环境,个人成长如何更好地契合团队文化。针对一年级孩子更具体的描述是"五自"精神是什么,我怎样成为自主、自由、自然、自信、自省的平和人。这次项目化学习激发了孩子们的学习兴趣和动力,提升了他们的学习自主性和学习目标的明确性。在健康、友好的氛围下,孩子们表现出乐学的品质,师生共同构建出健康、利于学生发展的教学生态。家长在为孩子挑选绘本、与孩子共读绘本、协助孩子拍摄视频的过程中,对平和"五自"精神有了更具体的了解。更重要的是,项目过程中老师所传递的教育期待,以及孩子参与的体验和收获,使得家庭教育和学校教育的期待达成一致,这样一致的力量作用在孩子身上,使他们如沐春风。正如 Camille 小朋友所说:"我一想到第二天要上学,就很开心!"

反思我们的项目初衷,英语课程选用的四个经典绘本中所传递的"责任、规则、爱"依然重要,不难发现,这也是绝大多数童书绘本的主题。但是,在了解了孩子真实的担忧之后,将单一的课堂绘本学习转变为多途径的"五自"精神绘本共读,学习方式的调整使得我们找到了一条有效的沟通途径,让新一年级的孩子和家长对平和"五自"精神耳熟能详,力求达成家校教育理念的互通、互融,最终让所有这些教育力量的对象——孩子有更好的体验。

阿德勒说:"教师必须做母亲应该做的事,就是和孩子联系在一起,对这个孩子感兴趣。"我们三位老师在办公室交流最多的话题就是:"今天我观察到这个孩子……""今天这个活动让小朋友的眼睛都亮了!""今天这个环节有孩子走神了,看来我要做调整……""我发现……今天上课特别专注,他对这一类的活动很有兴趣!""这个设计太为难孩子了,我们需要改一改!""今天的课我也感觉很爽!"……

谈论起这次项目化实践,我们时常感慨,在这个"卷"的时代,我们更加坚定地把孩子的体验放在第一位,温和地传递教育期望,拉着他们的小手走在探索的路上,这些共读时光也滋润着我们作为教育者一颗温柔而坚定的初心。

我们相信,好的教育会让教育者和受教育者都获得成长。"教育只有一个主题,那就是丰富多彩的生活本身。"

任务驱动促成长，团队赋能共行远

上海市民办交华中学　景　娜

　　纵使流年淙淙，总有些经历熠熠生辉，总有些记忆灼灼其华。

　　2020年年底，得知我们的市级项目"指向学生语文学科核心素养培养的教师专业队伍建设研究"成功立项后，团队成员心潮澎湃，干劲十足地按最初的计划开展了研修。但两三个月下来，我们发现各类活动开展得零散，无明确的研修路径，难以有针对性地将项目目标与团队成员的发展相结合，从而达成个人目标。我作为Ａ组组长，也感觉迷茫而无措，不知该如何有效地带领组员成长。我们徘徊在山重水复间。

领衔人带着项目核心成员,通过调查问卷、逐个访谈成员、请教专家等形式,终于决定以工作坊的形式架构人员,以任务驱动开展研修,探索出了一条符合项目组实情的研修路径,让每位成员的成长真实发生。2021年春季开始,我们的项目也逐步开始加速。

一、工作坊,让我们的前行有温度

项目实施过程中,我们聚焦语文课堂教学改进、语文学科核心素养落实,项目团队成员精诚合作,以工作坊的形式开展研修活动,在学习、实践和反思中形成了促进教师个人和团队专业发展的有效研修路径。

在每一轮研修中,我都会按照领衔人所分配的任务,带领我的组员,围绕主题展开充分交流与学习,从叙事类文本教学到写作教学,从整本书阅读到单元设计,我们6个人开展专题式研究学习,共同参与互动、分享知识,完成任务。

还记得项目组进行第一轮研修时,选择了我们A组的职初教师王老师上实践课。那段时间,她既要参加区见习教师综合赛复赛,又要准备项目组开课,作为一名追求上进的班主任,她虽然勇敢地接下了任务,但压力可想而知。仅是实践课时关于核心问题和问题链的确定,我们组成员就进行了三四次的集中研讨,更不用说一遍遍的教学设计修改了。

王老师进行了两次实践课后,还是感觉师生互动不够强,课堂环节欠紧凑,她终于绷不住哭了:"我很想努力做好,但是不知道为什么一直推进不顺。"看着她难受,我心里也酸酸的,安慰道:"不用怕,三个臭皮匠顶一个诸葛亮,何况我们有11个臭皮匠! 轻装上阵,你肯定行!"我们再次聚在一起,对照着课堂录像逐字逐句地修改问题表述、推敲前后逻辑。不知不觉间,灯光亮起来了,月辉皎洁起来了,王老师的信心也涨起来了。

在大家的帮助下,第三次的实践课很成功。下课后,王老师激动地说:"有团队真好! 我太幸福了!"短短的40分钟凝聚着团队所有人的心血。

这样的温暖记忆还有很多。工作坊让我们心与心更近，成长之路暖意融融。

在团队的形成期，需要明确团队的目标、分工和要求，为成员提供清晰的方向和指导，建立团队的基本框架，增强成员之间的信心。从实践效果来看，我们选定的工作坊就是在形成期确保团队走上正轨的最佳选择之一。

二、学习，让我们的前行有力度

除了邀请专家、参加各类培训，领衔人还非常重视大家的专业理论学习，该项工作具体由我负责。

项目开展的两年里，项目组成员人均阅读十一本专业著作，从《探索文本解读的路径》到《与一线老师谈科研》，从《阅读教学教什么》系列丛书到《美国学生阅读技能训练》《美国学生写作技能训练》；我们每个寒暑假都布置了学习任务，阅读中或撰写读书笔记，或圈点批注，或绘制思维导图，或记录读书感悟；还有定期举行的线上或线下的读书交流分享会，成员谈感悟提困惑，互动解疑，哪怕居家学习期间，这种思维的碰撞也从未停止……

让我印象深刻的是 2021 年暑假我们开展的线上作文教学专题读书交流会。这是基于我校实情确定的研修主题。我们在前期邀请了专家进校培训、上示范课，成员同步阅读了《于漪老师教作文》《美国学生写作技能训练》《写作教学教什么》等专业书籍。当晚的交流会进行了近两个小时，预备年级提出的"如何拓宽写作素材积累"这一问题，得到了其他成员的热烈回应。这之后，成员的写作教学意识开始转变：各备课组开设写作教学示范课；大家更注重源于生活的素材积累，注重写前指导，注重面批，注重作文多次修改及定稿整理……随之而来的是学生在统一评价中所表现出的写作能力的逐步提升。这一改变让我们倍感欣慰。

在组织大家交流的过程中，我深切地感受到，我们的团队研修伴随着一路书香，更加厚重、丰盈：我们掌握了更多有效的阅读技能、写作技能，并在日常教学中通过有效的训练不断提升，学生的学业能力也显著提升；我们理解了单元教学设计对项目开展的引领作用，并在日常教学中积极践行，A、B 两组在区单元教学设计案例评选中多次荣获佳绩;我们也深切地感受到科研能力的提升对一线教师的重要性……

"问渠那得清如许,为有源头活水来。"学习,让我们的前行充满力量。

领衔人高度肯定团队成员所取得的进步,也为成员需改进之处提供反馈和建议,激励团队成员持续地、有计划地、有针对性地学习和成长,增强成员的归属感和认同感。

三、任务驱动,让我们的前行有深度

在每一轮的研修中,我们都先进行团队研讨,结合本阶段团队单元教学改进中的共性问题与教师教学改进中的个性问题,确定项目组本阶段要整体突破的问题;然后针对问题,确定研修内容,进行多轮研修,其间其他成员依据"交华中学课堂观测量表",按照各自优缺点或自主认领或分配的任务,有目的地对课堂进行观测;经过多轮循环研修后,团队总结经验,并集体撰写案例,最后评价集体研修成果,最终实现教师个人专业成长和团队发展。

比如,在另一位成长型教师王老师执教《美丽的颜色》课堂教学实践研修时,我会提前告知团队成员本次的研修任务,明确要解决的重点问题:核心问题的修正、问题链之间的逻辑关联。然后,团队成员带着各自所分配到的观测任务,依据观测量表进行数据收集,对王老师的执教过程进行了动态跟踪和描述性记录,并对学生进行了课后访谈。

在第一轮研修中,成员从四方面观测到王老师基本功扎实,但是问题之间的逻辑关联欠缺、未能有效实施听说读写活动等。团队共同修正后,这些问题在第二轮研修中得到了改进,但还需进一步优化,如问题链的第二、三个主问题之间的衔接需更自然,"写"的环节需要留足时间,等等;同时提出要有效利用师生、生生对话中的生成性资源。成员针对以上问题提出建设性意见后,在第三轮的区公开教学展示中,王老师的课呈现出了问题设计逻辑性强、环节衔接流畅等亮点。同时,对比前几轮课堂表现,王老师的教学语言更清晰,并能有效利用师生、生生对话中的生成性资源，借助自读课文学习任务单，设置有效的听说读写活动，引导学生更深入地思维训练、审美鉴赏。

正是在这样的多轮研修模式引领的任务驱动、动态跟踪下，不仅是王老师，团队每位成员的专业能力都得到了不同程度的提升，学生的语文素养也得到了提升。

当团队运行至成熟期，成员对于研修方向、个人职责、团队运作都有了清晰的理解，基本上能自主完成任务。

团队成员都说："在团队里，总有一股力量引领着我不断奋进。"

领衔人说："学生的学科素养提升，离不开教师的专业素养发展，而教师个人的长足发展，离不开团队力量的推动！"

赵凤飞校长说："这样的团队研修就对了，形成了'头雁领航、强雁助航、群雁齐飞'的喜人态势！教师素养提升才是学校发展的关键！"

专家曾这样评价我们："教化于心而升华，教化于情而繁华，教化于人而精华！"这句话一直鞭策着我们成长。

虽然项目已顺利结项，但我们在项目中获得的这一切，仍如此清晰且深刻地镌刻在我们的记忆里，展现在我们的课堂教学中。未来的语文教学之路，我们项目组成员仍将携手奋进，创造更高品质的精品课堂，带领学生感受诗意语文之魅力！

基本情况

　　蒋薇,第三期上海市民办中小学中青年优秀教师团队发展计划项目团队成员。现任上海市民办桃李园实验学校教师。在团队中担任第二小组组长。曾荣获嘉定区基于课程标准的教学设计与实践三等奖,在嘉定区小学英语高阶思维作业题评比中荣获三等奖,曾荣获校特殊贡献奖、桃李有为青年奖等。

　　教育感言:教育不是填满头脑,而是点亮心灯。

研途破茧　"项"育芬芳
——当英语阅读教学遇见"民优计划"项目

上海市民办桃李园实验学校　蒋　薇

初心——燃亮心灯,启迪未来

　　在人类文明的长河中,阅读如同一叶扁舟,承载着知识的种子,穿越时间的洪流,抵达心灵的彼岸。它不仅是获取信息的途径,更是心灵的滋养,智慧的启迪。它是一扇窗,透过它,我们可以看到不同的风景;它是一扇门,打开它,我们可以走进不同的世界。为学生打开阅读的窗门,带领他们共同领略天地广阔,知识无涯,是为人师者的责任,也是我们故事的开始。

在桃李园的一角，我作为一名普通的英语教师，怀揣着一颗炽热的心，梦想着点燃学生对知识的渴望。我深信，阅读是开启智慧之门的钥匙，是学生心灵的灯塔。我渴望成为那个引路人，带领他们穿越知识的海洋，探索未知的世界。

源起——星星之火，初露锋芒

2018年初，春风拂过桃李园实验学校，带来了一场教育的变革。怀揣着教育梦想的我，站在这股改革的浪潮之巅，决心以阅读为桥，连接知识与智慧、心灵与未来。我成功申报了"以阅读促进学生英语综合能力提高"的英语绘本阅读项目，开启了一段为期两年的教育探索之旅。

在这两年的岁月里，我和我的团队如同探险者，一步步深入阅读的神秘森林。我们不仅汇编了校本精读材料，更精心挑选了泛读绘本，构建了一个丰富多彩的绘本资料库。我们鼓励学生根据自己的兴趣和能力挑选适合自己的绘本，让阅读成为一种个性化的探索和享受。每周，当第一缕阳光透过窗帘，照亮学生的书桌时，"桃李缤纷"公众号中的"英语晨读"栏目便准时与大家见面，学生的阅读成果通过这个平台向家长和老师展示。那稚嫩的声音，那认真的语调，如同清晨的露珠，清新而纯净。校英语周的举办更是将阅读的热情推向了高潮。学生在各类活动中尽情展示自己的才华，积极参与，热情体验。他们在游戏中学习，在表演中提高，在交流中成长。那一张张灿烂的笑脸，那一双双闪烁着好奇和渴望的眼睛，是这个项目最宝贵的收获。

这段旅程，不仅是学生英语能力提升的过程，更是他们心灵成长的历程。每一次阅读，都是一次心灵的触碰；每一次分享，都是一次思想的碰撞。我见证了学生从害羞到自信，从拘谨到开放的转变。我们相信，阅读的力量能够点燃学生内心的火花，照亮他们前行的道路，引领他们走向更加广阔的世界。

佳遇——冲云破雾，协同前行

改革是一场漫长而复杂的旅程，它要求我们像勇敢的探险者一样，不断在未知的领域中探索和适应。两年的项目实践，如同一场跌宕起伏的交响乐，既有高潮的辉煌，也有低谷的沉思。

我们见证了学生的成长和笑容，他们的进步如同春日里悄然生长的嫩芽，充满了生机与希望。然而，教育的路途并非一帆风顺，我们面临着困惑和迷茫。随着时间的流逝，我们意识到自己的不足：缺乏足够的理论武装和实践经验。这些不足逐渐显露，变得愈发清晰。我们开始深刻认识到，要想在教育改革的大潮中乘风破浪，就必须提升自己的专业素养和能力，增强团队的整体实力。

就在我们感到迷茫和困惑之际，一束光照进了我们的世界——"上海市民办中小学中青年优秀教师团队发展计划"。它如同一场及时雨，滋润了我们干涸的心田。我们带着求知的心，参与了第三期项目。起初，我们显得手足无措，仿佛门外汉一般。然而，得益于专家们的悉心指导、领导的大力支持和顾问们的无私帮助，我们开始逐渐摆脱迷茫，找到了前进的方向。

砥砺——成长印记，稇载而归

项目初期，懵懂的我们如同一群迷失在浩瀚星海中的旅者，仰望着知识的星空，渴望找到那颗引领方向的北极星。我们的心中充满了对未知的敬畏和对可能的向往，却也在繁星点点中感到了迷茫和彷徨。会议室成了思想碰撞的战场，声音中充满了热情，也透露出不安。白板上密密麻麻的笔记记录着我们每一次尝试的足迹，也映照出我们内心的挣扎。时间在指尖悄然流逝，而我们的项目，却像是一艘在迷雾中徘徊的船只，急需一阵风，带领我们驶向正确的航道。

加班成了我们的日常，夜幕降临，办公室的灯光依旧明亮。我们每个人都筋疲力尽，面对着一堆堆绘本，却不知如何选择，如何讲授。焦虑和疲倦写在每个人的脸上，空气中弥漫着一种无形的压力。

那是一个异常疲惫的夜晚，加班到了深夜，我们依旧毫无头绪。我们的领衔人唐老师，一个平日里总是充满激情和活力的人，突然在角落里抽泣起来。她的肩膀微微颤抖，泪水在眼眶中打转。我们围了上去，轻声询问，却听到她哽咽地说："我……我只是觉得，我们不能这样下去了，我们做的到底对不对？"

她的话语如同深夜里的一声叹息，穿透了疲惫的沉默，触动了我们每个人的心弦。我们相互对视，眼中映出了彼此的迷茫与不安。但在这迷茫之中，也有一种力量在悄然萌生——那是对改变的渴望，对突破的执着。

正当我们试图寻找出路时，朱浦老师作为我们的项目顾问，走进了我们的迷雾。他的到来，没有惊天动地的宣告，却有着安抚人心的力量。他提议，我们应从最根本的地方着手——制定各年级的教学目标。这些目标将是我们航行的星辰，指引我们穿越波涛。在朱浦老师的引导下，我们开始了一场思想的革命。我们围坐在一起，将每一张写满困惑的纸条铺开，将每一份迷茫转化为明确的目标。

我们开始讨论，每个年级的学生应该达到怎样的阅读水平，应该培养哪些思维能力。我们讨论了如何将绘本与学生的生活经验相联系，如何让阅读成为他们认识世界、表达自我的窗口。朱浦老师的指点如同一把锋利的剑，为我们斩断了束缚，指明了方向。

制订完目标后，我们重新审视了之前汇编的阅读材料，一页页翻过，一次次反思，却发现材料来源单一，缺乏系统性和科学性。这如同警钟敲响在我们的耳畔，提醒我们：要想真正提升学生的阅读素养，就必须从根本上改善阅读材料的质量。

于是，我们开始了艰难的选编工作。面对海量的阅读资源，我们如同一群矿工，在黑暗的矿洞中，用手中的镐，一寸寸挖掘，寻找那些最耀眼的宝石。在这个过程中，我们遭遇了无数的挫折和困难。有时，我们为了一本绘本的选择争辩不休，各执一词；有时，我们在整合材料时陷入了僵局，不知如何是好。但每当这时，我们就会想起唐老师那夜的泪水，想起朱浦老师的鼓励，想起我们对学生的责任。

然而，正是在这些激烈的讨论中，我们组员间的交流变得越发深刻。我们开始倾听彼此的声音，尊重不同的观点，学会了在差异中寻找共识。在一次深夜的讨论中，陆老师提出了一个想法，她认为我们应该根据学生的兴趣和生活经验来选择绘本，这一观点立刻引起了我们的共鸣。我们开始尝试陆老师的提议，将学生的日常生活融入对阅读材料的选择中。我们深入到学生的世界，了解他们的喜好,观察他们的互动。我们发现,当绘本故事与学生的生活产生共鸣时,他们的阅读兴趣和理解能力都有了显著提升。

在初步完成校本化阅读资源统整之后,我们的团队成员并没有满足于现状,而是积极探索实践,摸索总结出一套校本化阅读课新模式,逐渐形成了自己的特色和体系。这套模式力求打破传统化、模式化、机械化的词句和语法教学模式,注重在课堂上营造优质的阅读氛围和阅读环境。我们希望通过这种方式,优化学生的阅读体验,提高学生的阅读兴趣和阅读自信,进而提升学生的语言应用能力和语言思维品质。

随着学校桃李课程体系的不断完善,英语阅读课程作为一个子课程也经历了一个系统的完善过程。在项目推进过程中,我们积极落实关于主题学习、项目化学习、任务设计等课改新的教学要求。我们深入挖掘实现"教学评一体化"的路径,让素养在课堂中扎根,让素养在学习中生长。同时,我们始终关注学生的内在需求、动机和主体地位,确保英语阅读子课程能够真正满足学生的需求,体现团队的课程领导力。

两年多的项目实践,让我们深刻体会到了教学评一体化的重要性。我们与专家、顾问一起,经过无数次的征集、验证,最终形成了"桃李园小学生阅读素养测评指标",根据"识、记、读、思、说、写"六项指标,结合专家意见,编制了"桃李园小学生阅读素养测试题",并进行了测评。1—3年级学生阅读素养测试结果依次为:58.21、67.73和81.36,表明学生阅读素养发展水平随着项目研究的推进有所提升。这一指标的制定,不仅为我们提供了一个衡量学生阅读素养的标尺,更为我们的阅读教学提供了明确的方向。

我们从没有目标到确定目标,从随意选择阅读材料到系统科学地汇编出阅读读本,从欠缺评价到教学评一体化,从毫无章法到形成体系。每一次的前行都是我们对教育初心的坚守和对改革使命的担当。这个项目不仅仅是一场教育改革的实践,更是一次心灵的洗礼和智慧的启迪。它让我们明白,无论面对何种困难和挑战,只要我们愿意不断学习、勇于探索,就能不断超越自我,实现自我价值的提升。我们相信，阅读的力量能点燃学生内心的火花，照亮他们前行的道路，引领他们走向更加广阔的世界。这一路上，我们与学生一同成长，一同探索，一同迎接每一个充满希望的明天。

展望——赓续前行，未来可期

每一次结束都是一次重生、一次蜕变、一次向着未知勇敢的飞跃。经历了蜕变的我们，希望能在未来给予学生更多更好的引领。

时代在飞速变化，我们的研究内容也需要不断更新和深化，以适应时代的发展和社会的变化。在新课标和新教材的"双新"背景下，项目的研究还需与时俱进，需要不断更新教育理念和教育方向，注重培养学生的创新精神和实践能力，同时要关注学生的个体差异和个性化发展，推动学生核心素养的形成与发展。

依托本校的科研活动，我们将在项目化学习和跨学科学习的研究过程中，继续结合本项目的成果，以期碰撞出更多的火花，为学校科研的持续发展提供续航动力。

回首初心，我们希望开启学生的英语阅读之路，希望他们能在我们的陪伴和引领下 learn to read，更希望他们能在离开我们之后继续 read to learn。希望学生能拥有持续的阅读兴趣、良好的阅读习惯和足够的阅读能力，能因阅读而受益终身。道阻且长，且歌且唱，我将带着收获，心怀憧憬，与学生一起续写我们的故事。

基本情况

吉冰,第一期上海市民办中小学中青年优秀教师团队发展计划项目团队领衔人。现任上海金洲小学副校长,语文高级教师。普陀区教育系统"763"人才攀升计划教师专业发展团队小学语文学科带头人。曾获得上海市园丁奖、第三届全国小学语文教学观摩活动上海选拔赛二等奖,获普陀区小学语文中青年教师阅读教学评比一等奖、普陀区"十佳"青年岗位能手、普陀区"十佳"我心目中的好老师等称号,统编教材小学语文第七册第五单元空中课堂拍摄者。个人区级课题"小学绘本阅读教学的个案研究"获得2024年普陀区第十四届教育科研成果二等奖。

教育感言: 前行路上,让自己成为一束光,照亮自己,也照亮别人。

创新之翼:创新型教师的团队研修之旅

上海金洲小学　吉　冰

一、问题导向

2020年10月,我以项目领衔人身份申报的"教师素养提升与教学创新实践"项目成功入选首届上海市民办中小学教师发展团队项目。于是,一群怀揣教育梦想的青年教师汇聚一堂，共同踏上了一段名为"创新之翼"的团队研修之旅。

2020 年项目刚立项时，团队成员的平均年龄只有 34.8 岁。其中有 5 位语文学科教师，2 位数学学科教师，1 位自然常识学科教师，1 位道德与法治学科教师。他们有的刚步入职场，满怀憧憬；有的则已有数年教学经验，渴望突破。但他们都有一个共同点——怀抱着对教育的热爱和对创新的追求。

要开展一项有效的项目研究，首先就要让团队成员了解为什么做、怎样做、要达到什么样的效果。有句话——"方向比努力更重要"，那这个方向是什么呢？处在迷茫期的我特别想寻求一个突破点。恰逢上海市教委研制的小学语文等 8 个学科、学段的《高质量校本作业体系设计与实施指南（试行）》与义务教育课程方案和各学科课程标准（2022 年版）正式出台，"新课标"成为教育工作的行动纲领。义务教育课程方案和各学科课程标准（2022 年版）强调要以核心素养为灵魂，不仅对教师素养总体提出了更高的要求，也要求各学科教师不再割裂开来，自此，倡导以各科教师合作为基础的跨学科能力、跨学科教学、跨学科素养等词成为当下教学中的热点。因此，教师的合作能力、研究能力、单元设计能力等成为教师素养的重要构成元素，而除此之外，教师的跨学科教学能力或素养作为当下教师素养中最受重视的素养之一，也已成为研究者和实践者不可忽视的一个主题。

那么如何认识和理解跨学科主题学习？如何科学设计跨学科主题学习？如何开展跨学科主题学习和活动？一线语文教师面临着诸多挑战与困难。从加强语文学科学科实践的角度，我思忖，能不能就先以"小学语文跨学科作业设计与实践研究"作为团队项目研修的主题呢？

二、情境再现

（一）提炼主题　明确内容

明确主题：什么是跨学科作业？

★时间：4 月某一天下午（线上）

吉冰：各位学员，上次布置了请大家认真研读《高质量校本作业体系设计与实施指南(试行)》与义务教育课程方案(2022年版)这2本书的任务,今天我们围绕"怎么开展跨学科作业设计"进行研讨。

成员1:我觉得对于语文学科而言,可以将语文要素和作业有效结合起来,从学科融合的角度去设计语文主题实践学习活动和作业,让学生能够在活动中开阔视野,学以致用。

成员2:我觉得在语文教学中可以从真实学情出发,融通语文、科学、美术等学科中的相关概念,引导学生开展梳理、探究与交流活动。

成员3:正如大家所说,"跨学科作业"属于综合类作业的一种,我觉得我们的"跨学科作业设计"需要整合语文教学内容,引导学生用多元化的方式进行探究。

……

结束这次研讨活动后,我发现虽然我们对研究主题有了初步的共识,但是还缺乏实践的佐证。作为项目领衔人,我决定做第一个吃螃蟹的人,自己率先开展一次跨学科主题作业设计。

(二)导师示范案例初探

★时间:11月某一天下午(线下)

基于这样的理念,我带领我的项目组成员开展了一次以"历史长河中的杰出人物"为主题的区级跨学科展示活动。这次跨学科作业设计的展示活动结合了四年级第一学期第八单元的内容。活动结束后,项目组的成员展开了讨论。

成员1:这次作业设计结合了四年级第一学期第八单元的内容。我结合口语交际课,从第八单元的人文主题和语文要素入手,先回顾了第八单元的学习内容,再引导学生将语文学习与其他学科整合,校内学习与校外活动结合,开展了解历史人物故事的探究活动。最终,我们以语文学科为主体,融合其他学科的相关知识,形成了跨学科实践活动的设计路径。即延伸人文主题—综合运用语文要素—跨学科整合丰富内容—确立活动目标—整合校内外活动—设计活动内容(作业)。

成员2:我关注到学生在活动中用多元化的方式来展示自己的研究成果——有的小组制作了主题人物生平故事中代表性的建筑,有的小组通过立体书的形式浓缩了人物的风采。

成员3:我觉得这次的展示更像是一个"学习成果发布会"。学生在活动中学会倾听与表达、学会团队合作、学会寻求帮助、学会利用各种形式来进行展示与交流。

成员4:通过这次课堂教学实践研究,我们明白了——跨学科主题活动的研究不但要理解理念,还要不断地探索,进行更细致的推敲。

成员5:我觉得整个学习的过程更要体现四个真实,即真实的学习、真实的理解、真实的经历、真实的记忆。

……

此时的我们对如何开展"跨学科作业设计"已经有了一个具体的样例,对于跨学科主题作业设计也有了切身的体会,于是,大家决定基于自己学科的特点,开始寻找一个跨学科作业设计的切入点。

(三)团队共研,反思改进

★时间:12月某一天下午(线上)

吉冰:各位成员,在上次案例研究的基础上,请大家各自从自己的学科特点、学情出发,或从幼小衔接视角,或从小初衔接视角,聊一聊开展跨学科主题作业研究的收获。

……

成员6:看了吉老师设计的案例,我以"我们的节日·中秋"为主题,融合了语文、道德与法治、美术等学科内容,开展了低年级跨学科主题综合实践活动及作业设计。通过想一想、说一说、做一做等一系列的活动,让学生全方面、立体化地了解了中国这一传统佳节,使孩子们打心眼儿里树立起了对中国文化的文化自信。

成员7:我的思考角度是通过跨学科作业设计让学生体会从小学到初中的学

习方式的转变,引导学生学会思考。我结合五年级下册第二单元四大名著的相关内容,让学生选择自己感兴趣的古典名著进行阅读,结合口语交际中表演课本剧的内容,由学生自主组合形成小组,选择书中的内容进行课本剧表演。在选择内容、分配角色、撰写剧本、制作道具的过程中,学生共同合作,主动深入阅读文本、查阅资料、分析人物形象。这样的学习方式更体现了初中学段的主动学习和深度思考的要求,有助于学生更好地适应初中学习。

······

(四)辐射成果,成长蜕变

教学实践过程是教师不断发现问题、研究问题、解决问题的过程。两年的实践研究,我和团队成员通过聚焦"跨学科的必要性、可行性是什么""如何通过'跨学科活动'为学习增值"这两个关键问题,以课堂教学研究为中心,在解决问题、改进教学的过程中,初步形成"连环跟进"式的团队研修活动的途径:

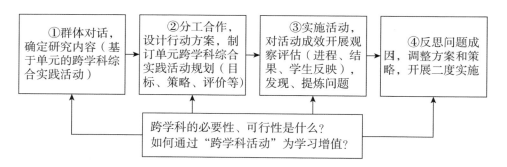

图1 "融合式教学实践"团队研修路径

同时,我们在专家的引领下,逐步养成反思习惯和问题意识,学会把"问题"变成"课题"。通过教师培训更新教师理念与教学设计思路,创新教学实践、识别问题、教学改进、教师素养提升的逻辑思路,形成"教师素养提升—教学创新实践—教师素养提升"持续性的反馈循环,并取得了良好的成效。学校教师的教研水平明显提高,教育观念得到更新,施教能力得到提升。

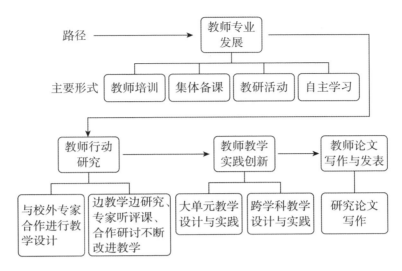

图 2　创新型教师培养路径和教师素养提升方法

通过团队研修活动，我们一步步地蜕变成长："线上＋线下"，打造教研新模式；"课内＋课外"，探索跨界新作业；"创新＋合作"，赋能团队新成长。

三、研究展望

实践证明，基于专业学习共同体的跨学科学习，使团队成员的素养进一步提高，专业发展方向更加明确，教学业务素养提高更快，总体成长更快，后劲更足，发展潜力更大。

（一）团队合作，助推教师专业成长

每位成员勤动笔，随时记下项目研究过程中的思考，并以某一单元中的一节具体的课作为对象展开课例实践研究，把研究融入备课、上课、观课、说课、评课等环节，最后以文本形式呈现研究成果，写出完整的课例研究报告。团队其他成员借助自身的跨学科特点，用自己的视角来研读他人的文字，提出相应的建议，真正体现了跨学科研修共同体的作用。

跨学科综合实践活动，不再是单一学科教师的单打独斗，或者说是单一学科

团队的团队协作,可以尝试突破单一学科教师而向跨学科的教师研修团队发展;也可以拓展与现实生活的联系,而不只是停留在学科间的联系上;还可以再次进行第二次实践,在原先的实践基础上,进行优化迭代。

(二) 项目导向,引领团队智慧成长

在实践活动设计中,课堂不再是唯一学习的地方,教师以语文主题为引领,指导学生根据本组探究的主题人物进行资料的收集、博物馆的参观和学习。教师有针对性地选择学习重点,从而让学生带着目的学习,这样参观的过程中学生也会自主学习收集资料,关注重点,提升解决问题的能力。

跨学科综合主题实践活动的创造性要求教师成为有创造性的人,需要教师学会"新的学习"。由此,团队中的教师成了学校教师群体中开展跨学科综合实践学习活动教学的先行者。教师要在身体力行的学习活动中,采用全新的、前瞻的、开阔的思维方式不断突破自己的能力上限,创造新方法、新问题、新途径、新思路,激发新的生命能量。

回首这段研修之旅,团队成员感慨万千。我们深知,创新不是一蹴而就的,需要不断学习、实践和反思。但我们坚信,只要心中有爱、有梦、有创新之翼,就能在教育这片广阔的天空中自由翱翔,为学生带来更多的可能和希望。教师专业发展是一个永恒的话题,也是一所学校可持续发展的重要软实力。跨学科教师项目团队研修使教师在专业发展的道路上相互支持,既加速了学校的教师队伍建设,也为优秀教师的再成长做出了有益的探索与实践。

基本情况

杨蕊，第一期上海市民办中小学中青年优秀教师团队发展计划项目团队成员。现任民办东展小学学校教师，中级职称。曾获得长宁区"卓越杯"班主任基本功大赛二等奖、长宁区活动育人和实践育人方案评比三等奖、长宁区劳动教育课程实施评比方案三等奖。

教育感言：教书，读书，于我都是修行。

修行，就要拿出真心、诚心。勤勉以行。

蜗牛牵我去散步

上海市民办东展小学　杨　蕊

有一种幸福叫陪着你慢慢长大。有幸福的地方，就有成长；有幸福的地方，就有欢乐；有幸福的地方，就有泪水。看着你们一天天长大，从稚嫩的儿童慢慢到戴着红领巾的少先队员，就算自己再辛苦，也不会抱怨分毫。你们健健康康、阳光自信就是对我最大的安慰！我愿意陪着你们慢慢长大！

每一个大人都曾经是孩子，成年本身也是一个未完成的成长过程，已成为教师的我，每当读起绘本故事时，依然会被绘本中细腻丰富的画面、文字、情节所治愈。身为教师的我，读起绘本，每每感叹师与生的交往处处需要智慧和爱。每一本绘本都是一个微缩的世界，代表着一种世界观。那些图文并茂的绘本故事，生动又活泼地流露出教育的情调,在一个个微缩的世界里,引导我们跳脱出日常,重新认识学生、审视自己、刷新对教育的认知。

一、爱与耐心的绽放

小布是一个蒙古族男孩,一年级第一次家访我就对他印象深刻。黑黑的小小的身躯躲在妈妈的身后胆怯地看着我。通过和家长的沟通了解到他是一个早产儿,刚出生就进入了保温箱,在保温箱里生活了半个月才和家人团聚,由于先天不足,他在 7 岁时还在尿床,语言系统发育不完善,说话断断续续;运动系统发育迟缓,不会双脚离地的跳跃,连最基本的跑步,都像一只缓慢爬行的"蜗牛"。对于这样一个特殊的孩子,我是充满了怜惜,也有了足够的心理准备,接纳他的不同。九月,如期而至,我和小家伙鸡飞狗跳的校园日常也拉开了帷幕,第一天上学,小家伙就拉了裤子,炎热的天气,臭气熏天的教室,七嘴八舌的叫嚷声,让我濒临崩溃。正在这时,我看到了小布桌面上放着的一本书——《不一样的我》,回忆起绘本里所讲述的故事,我突然释然了:是呀,每个孩子都是不一样的,要学会接受差异。从那一天开始,我换了一种心态面对他,"陪伴是最长情的告白",我不再拔苗助长,而是选择陪他慢慢长大。半小时吃不完午餐,我们就把午睡的时间拿来吃饭;不会双脚离地,不会跳绳不要紧,我们利用午休时间每天练习;不会说普通话没关系,我们从"我、是、中、国、人"开始一个字一个字地学起;在日复一日的陪伴下,慢慢地,这只"小蜗牛"有了改变,他渐渐地变快了,渐渐地赶上了"大部队"。四年级时,在小布的作文中,有这样一段文字:"我的老师很温柔,身材匀称,气质高雅,幽默风趣,一头乌黑柔顺的长发,一对似蹙非蹙冒烟眉,一对凤眼,似眨非眨,面目清秀,那双宝石般的眼睛让我觉得她好像一只孔雀。上课时说起话来轻言细语,从天南聊到海北,从旭日东升聊到日落西山,一口水都不喝。而美丽的她,走起路来仿佛开了屏一样,宛如空中突然绽放的一朵牡丹花……美极了!"

看到文章的这一刻,我深深地体会到了教育的真谛——不仅仅是传授知识,更是传递爱、传递温暖、传递正能量。我的每一个眼神、每一次微笑、每一句鼓励的话语，都在他的心中留下了深刻的烙印，影响着他的人生轨迹。我明白了，作为一名教师，我的责任不仅仅是教书，更是育人。我明白了，教育是一项长期而艰巨的任务，需要我不断地学习和进步。我要不断地更新自己的教育理念和方法，以适应不断变化的教育环境和学生需求。我要用自己的实际行动，去践行教育的使命和责任，为培养更多优秀的人才贡献自己的力量。我要感谢这个可爱的小家伙，是他让我更加深刻地理解了教育的意义和价值。

二、静待花开的美好

班级中还有一位学习速度如"蜗牛"的"妹妹"，面对她的不认真、面对她因贪玩而落下的功课、面对她"龙飞凤舞"的字迹、面对她与同学之间的发生矛盾，我非常迷茫，常常怒斥她，甚至想要选择逃避，远离这个让我头痛的学生。但当翻开《石头汤》这本书时，我的心沉静了下来，我仿佛被带入了一个充满智慧与哲理的世界。这本书不仅仅是一个简单的故事，更像是一面镜子，映照出我们内心的深处，让我对温暖、分享和成长有了更深的体会。作为老师，我看到的全是她的缺点，而缺少对她的赏识；我埋怨她的不求上进，而忽略了她的努力，忽略了孩子需要时间慢慢成长，需要用语言去激励、用爱心去浇灌。难道"妹妹"在我的手里就这样了？我不断地反问自己，我尝试着与自己和解，决意善待孩子、善待自己。于是，我再一次决定陪着"蜗牛"一起散步，陪她慢慢长大，在散步的过程中，我看到了另一番风景——"妹妹"进步啦！看到"妹妹"的改变后，我决定乘胜追击，每天和"妹妹"约定写作业时间，如果在规定时间内完成，我可以允许她做一件自己喜欢做的事情。每个课间我会陪着她在阳光下阅读有趣的故事，与她交流。用欣赏的眼光，用充满爱意的眼光，日复一日陪着她慢慢成长，孩子在这样的眼光中悄悄发生着变化。渐渐地，"妹妹"的作业速度上来了，上课渐渐跟上节奏了，虽然偶尔还是会有小问题，但是她从情感上接受了我，我成了她信任的人。

在教育的道路上，我们时常扮演着引领者的角色，期待着能如诗中所言，"我牵蜗牛去散步"。然而，在每一次与孩子的深入互动中，我都不禁惊叹，原来是"蜗牛牵我去散步"。这一角色的转换,不仅仅是对我教育理念的挑战,更是对我内心世界的触动。在"蜗牛牵我去散步"的旅程中,我学会了用更加敏感的心去倾听孩子内心的声音,用更加机智的头脑去应对每一个教育场景中的挑战。我不再急于求成,而是懂得了耐心等待;我不再过于苛刻,而是学会了宽容理解;我不再吝啬赞美,而是用爱去浇灌每一颗渴望成长的种子。

让我们以"花苞心态"看待每一个孩子,不论他们是早开的花朵还是迟开的花朵,相信他们都有自己独特的美丽和无限的可能。让我们用欣赏的眼光看待他们的现在,用鼓励的话语激励他们向前,用温暖的爱意陪伴他们成长。在教育的道路上,让我们与孩子携手同行,共同探索、共同成长。因为,在这个充满爱与智慧的旅程中,不仅是孩子在成长,我们也在成长。而这一切的美好,都源于我们与孩子之间的那份深深的情感纽带。让我们用耐心、爱心和智慧,陪着孩子慢慢长大……

基本情况

陈晓怡，第一期上海市民办中小学中青年优秀教师团队发展计划项目团队成员。2019 年 6 月毕业于华东师范大学，现任上海市民办扬波中学教师。在团队中主要承担德育板块的学生发展性评价应用研究工作。曾获 2020 学年静安区中小学班主任基本功竞赛初中组二等奖、2020 年"静安区教育学术季"征文三等奖。在教育教学中，坚持学习现代优秀教育理念，不断改进教学方法。

教育感言：理论助推实践，多方携手共进。

数据评价点亮学生未来

上海市民办扬波中学　陈晓怡

2023 年 4 月的一个傍晚，我站在教室的讲台前，准备召开初三学生家长会。

下午放学后，我在每个学生的桌子上放了一个信封，信封里装着的，是我从学校"卓越学子发展评价平台"上下载的各位同学的数字画像数据。数据里包括学生四年历次成绩变化曲线、每个学期重点德育活动记录、班主任及导师评价与寄语、体质健康数据等。这是我第一次向家长全方位地展示学生初中四年的成长轨迹。看着家长拆开信封后的表情，或眉头微蹙，或嘴角轻扬，我不禁深深感怀这三年的项目研究历程……

一、忐忑进团队

"听说宋主任要牵头做一个市级项目……"

当时还是德育主任的宋晋贤老师准备领衔开展市级项目。初期,学校里已经有了讨论:项目聚焦基于大数据的学生评价新模式,据说还要把校园网上功能不甚完善的信息平台建设起来,形成一个学生发展性评价数据平台;同时开展评价平台的多维度、多层级应用,探索出一套基于学生评价数据应用的评价案例。

那天,在德育处,宋老师问我是否愿意加入她的市级项目研究团队时,我还是个刚毕业一年的新教师。在班主任的岗位上摸爬滚打的这一年,班级日常事务已经让我应接不暇,更别说用现代的、科学的方法进行德育教育了。团队成员中有学校中层骨干力量,也有比较成熟的优秀教师。在德育室,我跟宋晋贤老师倾诉了我内心的忐忑。

她用一个观点打动了我:"学会"不如"做会",实践永远是最高效的学习方法。

至此,"大数据驱动的学生发展性评价应用研究"项目研究团队组建完成。

团队初建,我无疑是里面教龄最短的教师,虽也怀着"成就学生未来"的远大理想,但又不得不面对实际工作过程中的窘迫。德育处主任的邀请,对我而言是一针巨大的强心剂——这是学校领导对我德育工作的高度认可,也是学校对我这样一位新手教师的重视与培养。我战战兢兢地加入这一群优秀的教师队伍,听着各位老师的自我介绍,看着他们身上由各种奖项加持的光环,内心也更加忐忑。团队的各位教师来自不同的年级,执教不同的科目,本以为不会有太多交集,没想到也携手共度了一段难以忘怀的时光——现在在校园里再相遇,都有种"共患难、同进步"的特殊感情在。

二、理论加实践

在项目开展过程中,我个人进益最大的应该是与"评价"相关的政策、理论的学习。在加入该项目之前,我个人还从来没有主动地阅读学习过相关文件、著作、学术论文。但是出于项目需要,这两年我也和团队成员一起读了不少。在项目进行初期,章炯毅、孟小红老师带领我们一起读书,在政策理论学习方面给了我很强的指导。孟小红老师素有"扬波一支笔"的美称,她指导我们怎么样用凝练的语言提炼日常事务,将其转化为可以指导日后工作的经验方法。而章炯毅老师则有非常强的理论分析解读能力,他带领团队一起商讨,如何将书本里的理论运用到实际生活中。两位核心成员一能"深入",二能"浅出",给予了团队项目研究非常强大的助力。

在实践过程中,我的团队成员们也给了我很大的帮助。高雅颖老师在体育教学中利用大数据对学生进行评价的尝试,已经非常成熟,她常与我们分享她在教学实践中的运用实例,为我们的教育实践拓展思路。吴雪梅、刘丹老师在校内交流中也展示了她们运用大数据进行评价的实践,启发我如何高效地采集多方数据,以及在课堂上实时运用发展性评价对课堂教学进行创新。我与郑凌之老师的交流最多,虽然我主攻德育部分,她主要负责科创板块,看起来风马牛不相及,但实际上,我们所负责的板块都具有"难量化"的特点。我们的思想碰撞,更多地聚焦于如何充分发挥发展性评价对学生的激励、促进作用。

其实,所有团队成员的工作成果对我都有很大帮助——学生各个学科的学习不是割裂的,它们是一个整体。其他学科上的进益,最后都能反馈到德育之上——因此,也可以说,我在推进项目的同时,也共享着团队成员的科研成果。

三、大数据"迷局"

如果按照这个"理论加实践"的良性循环一直发展下去,我们很快便能形成一套非常成熟的发展性评价体系,而项目研究的实际情况当然也没有那么一帆风顺。学校的大数据平台建设逐步成熟,我也慢慢陷入了一个大数据的迷局。

"大数据驱动的学生发展性评价应用研究"这一项目的目标之一,是形成一个符合项目要求的学生发展性评价数据平台,此平台应具备基本的学生数据采集、识别、分析能力,并能以综合素质评价报告单的形式对数据进行展示。而这份综合素质评价报告单,需要负责各个领域的教师上传数据资料,也有学生自己填写的内容信息。我在团队中主要负责德育板块,那么德育工作能为这份报告提供什么"数据"呢?

第一,德育工作是无法量化的,学生的德育表现也没有办法用直观的数据去展示。

第二,对德育数据的录入,我们传统的操作方式是学期内记录,学期末汇总、统一录入。录入的内容无非是在本学期内参加了什么活动,在其中有什么心得体会。第二次学生集体录入的时候,我就发现了不对劲:老师认为的多样化记录,在学生眼中只是一种负担。这样的数据录入,仅仅完成了一个形式上的工作,对学生的发展真的有益吗?

第三,在项目进行中,学生开始了或长或短的线上学习生活。如果说在学校的德育活动记录都尚且艰难,那么线上学习时,他们对参加学校活动的热情更会大打折扣,更别说用心去记录自己的参与心得了。

大数据的美好外壳下有这么一团朦胧的迷雾,教师和学生似乎都在被"数据"驱使着。一个项目研究非但没有提高我们的教育教学工作效率,反而加重了我们的工作量和心理负担,这不是和我们的初衷背道而驰吗?

四、用"发展"破局

那时还是线上学习阶段,又是一次线上的团队交流会议,会后的自由发言环节里,我"倒苦水"似的讲出了我的困扰,有几位成员也附和起来。听完我们的"抱怨",领衔人宋晋贤老师问我们:"发展性评价有什么作用啊?"

我认为,发展性评价不仅关注学生的学习成果,更重视其在学习过程中展现出的态度、能力和潜力。这种评价方式有助于激发学生的学习兴趣和动力,提升他们的自信心和成就感,为未来的学习和生活奠定坚实的基础。

我们研究的目的不是"数据",而是学生的发展!

那一刻,我醍醐灌顶。因为学生发展性评价数据平台的建设,我总在挖掘德育生活中的数据资料,我总在想还有什么数据信息能放进这个大数据平台中,谁承想"乱花渐欲迷人眼",在项目研究的路上我竟背离了"学生发展"这一初心。大数据平台应该是学生发展的辅助工具,而不应该是老师和学生要完成的一项任务指标。如果为了生成一份数据报告单,导致学生发展受到阻碍,那么这份报告单还有什么意义呢?

我果断地放弃了收集所有德育活动记录和心得体会的执念,转而关注学生更愿意关注的地方。初中学生他们愿意关注什么? 一是各科成绩,包括自己在每个阶段的纵向与横向变化和趋势。二是他人评价,包括班主任、导师、科任老师以及同学对自己的评价。三是心灵体验,青春期的学生,毫无疑问会遇到很多困苦与烦恼,如果能帮助他们正确认识这阶段的问题、疏解烦恼,也能激发他们更大的创造活力。

因此,我利用学校大数据平台收集他们单科和总分数据,定期给他们发送阶段性的成绩报告单——大数据平台确实有很强的信息统计和处理能力,它不仅能给每位同学看到目前学业的实际情况,还能综合几次测试给出未来学习趋势的预测,这样能提醒学生目前存在的学习问题,或者给他们的未来学习提供信心。

同时,我有意识地让学生收集平时科任老师给他们的作业反馈(说来也暖心,科任老师在批改作业时常常会有一些温暖有趣的评语)、导师评价反馈、班主任寄语、同学间的生日祝福……这些长长短短的话,构成了每位同学生活中别具一格的"他评",而为了获得更加丰富多样的"他评",大家不自觉中也在越做越好……

针对"心灵体验",从初二开始,我让班级学生开始写周记。与一般意义上的作文不同,在周记中,学生可以畅所欲言,书写自己各种或开心、或难过、或困惑的当周生活经历,我也坚持给他们反馈。这一项工作,我不再依赖大数据平台,而是坚持用纸笔完成。令我非常开心的是,很多学生每周都在期待写周记和等待周记发回。这本本子上记录的,不就是他们自己的"发展"吗? 如今这一批学生已经毕业一年了,他们在回望初中生活时,依然在感念当时的周记本和本子上记录的那些青春体验。

原来,破局的方法如此简单,只要我们的目的是学生的发展,我们便不会盲目地被大数据牵着鼻子走。

五、携手共发展

出于对教育信息化趋势的理解,我很认同利用大数据建立学生数字画像这一举措,数据平台的推行对每名老师的教学习惯都是一次小小的变革。而也正是因为认同教育信息化的理念、了解平台架构,我也很快适应这一变化,也能帮助办公室其他老师操作、理解平台的各个部分的作用。

在实践中,教师发现大数据不仅提供了学生学业表现的量化指标,还能揭示学生在学习态度、兴趣等方面的变化,他们因此也能更精准地把握学生的个体差异,制订个性化的教学计划。

初三家长会前,年级组长和我仔细研究了在学校数字化平台上我们可以调出的数据,并亲身指导年级其他班主任运用这些数据帮助家长了解孩子目前的定位,这便有了本文开头的那一幕。家长兴致很高,并且高度赞扬了学校教学的现代化建设,高度肯定了班主任工作的细致、专业。我相信,每名班主任在收到这样的反馈时,都是无比喜悦的。

在这两年的教育实践中,我切实看到了学生身上发生的变化。有了数字化平台辅助的我,在日常的班主任工作中更加如鱼得水,所带领的初三(3)班形成了积极向善的班风,在中考中也取得了非常优异的成绩,我与有荣焉。

在本项目研究的过程中,团队各个成员都有了不一样的成长。最具传奇性的是:核心成员章炯毅主任晋升为学校校长;项目领衔人宋晋贤主任晋升为学校副校长;核心成员孟小红主任也晋升为校长助理、校办公室主任,并成为后续"上海市民办中小学中青年优秀教师团队发展计划"的领衔人。

回想三年前宋晋贤老师的邀请,如今的我满怀感激。在项目的实施过程中,宋晋贤老师也毫无保留地与我们分享她的经验和妙思,更给了我无穷的鼓励和信任。感恩这个团队的建设与共同进步,团队的合作帮助我更好地理解大数据驱动的发展性评价的应用,发展性评价激活了学生的创造力,学生的活力也激发了我的热情。我和学生、和团队、和学校,都走在共同成长的道路上。

基本情况

　　胡海燕，第三期上海市民办中小学中青年优秀教师团队发展计划项目团队成员。现任教于上海市民办扬波中学，中学一级，从事高中历史教学。曾获 2018 年上海市民办中小学征文演讲比赛一等奖、静安区 2021 年度"全员导师制"实践案例评审高中组三等奖。目前参与区级课题"指向结合中学生创造力的德育实践活动设计与实施的行动研究"。

　　教育感言：师生共进，智慧同行。

家校沟通　师生共进

上海市民办扬波中学　胡海燕

一、导师结对的缘起

　　我校的高中生是刚刚达到高中入学分数线的学生，总体来说，他们在之前的学习生涯中成功体验较少，学习能力不足，家庭情况相对复杂。在"双新"课改开始后，他们面临的压力增大。若要帮助学生在新时代全面、个性化发展，教师的教育教学水平必须提升。为此，我校高中部教师组成研究团队，开展了"'双新'背景下全员育人导师制助推师生共同成长的实践研究"项目。我作为团队成员，在学科教师的身份之外,又多了一重导师身份。在带导的学生中,给我深刻印象的是高同学。

高同学,2岁时父母离异,跟随父亲生活,父亲工作忙碌,较少关注他的情况。父母关系也很特殊,平时母亲打电话与班主任老师联系,询问儿子近况时,父亲会表示不满,要求老师直接、第一时间与他联系,而不要向其母亲过多讲述,这对离异夫妻的关系似乎不佳,家庭情况可谓复杂。班主任接班时,要求家访也是迟迟得不到回应,父母纷纷表示没时间,互相踢皮球。

高同学平时上课经常迟到,两分钟预备铃响才晃出教室,或说倒水,或说上厕所,一般总要上课开始后两三分钟才回教室;课堂上或睡觉或讲话,不听讲,任课老师指出后还经常顶嘴,甚至辱骂老师,班里的化学老师和物理老师都是快到退休年纪的老先生,化学老师被他骂得掉眼泪,物理老师觉得自己已经毫无尊严可言;平时作业或草草完成,或抄袭了事,或直接不交。他在班上的诸多表现严重干扰到了班级的整体教学。

以上情况是我从高同学的班主任那里了解到的。那我是怎么成为高同学的导师的呢?高同学比较喜欢历史,按照自由选择的原则,他选了历史老师当导师。我在"上任"后,给他爸爸打了个电话,最后得到一句重托"他以后就麻烦你了"。我很忐忑……

二、坎坷导师路

一开始,要找高同学聊天是一件不容易的事,他可不是合作度高的学生。幸亏项目推行后设定了固定的导师谈话时间,他虽嫌烦,但在其他同学都参与的情况下,他还是会"赏光"过来一下。

高同学身上"事故"多多,如今回看,皆成"故事"。记得有一次中午,他突然冲出了校门。那天刚好是有外校老师来参观,正好是中午离开,校门恰恰打开,于是他就那么见缝插针地冲了出去。我还记得现场门卫在喊"不可以出去",校领导在喊"哪个班级的?班主任呢?"一般到班主任这里,通常就结束了。没想到领导对全员导师制很有印象，下一句"他的导师呢？"，真巧，他的班主任不在现场，吃完午饭，正在遛弯的我在现场，我的内心很崩溃，立马跑了出去。幸好，他倒是已经在往回走了。之后自然要找他谈话的，他说自己是去倒垃圾的，那天他值日，他嫌学校统一丢垃圾的地方太远，觉得校门口就有一个大垃圾桶，就决定就近解决了。我自然向他重申了学校的规章制度，他不以为意。又有一次，他在班级搞了个"神坛"，把教室装饰用的向日葵还有其他绢花摆在角落，自己做了个什么牌子，放学时在那里拜拜，说是保佑他第二天考试顺利，班级里一群同学围观，哈哈乱笑。还有一次，他又把化学老师气哭了，我让他去给老师道歉，他坚决不同意，我说"行，这次我替你去道歉"，他回我一句"你不要搞道德绑架！"跟他这么"交锋"几次，我觉得这导师当得太艰难。

我开始寻找方法。在项目开始之后，年级组活动内容中多了导师交流的内容。我自问不擅长教育学生，但年级组中有许多在这方面有经验的前辈教师，他们会向我们传授经验。一个班级学生之间的差异表现是非常明显的。有的善于文字表述，有的善于抽象思考，有的心理脆弱不愿意接受批评，有的性格孤僻难以交流。单个教师对学生的印象往往有很大的偏差，但是多个教师的观察就能减少这种偏差。全员导师制给了教师更多交流沟通的机会来全面了解学生，彼此探讨，形成教育合力，更有效达成育人效果。

除了向其他老师"取经"，我也参加了项目开展的各种培训活动，尤其是一些心理类课程，虽不可能就此变成专业人士，但确实有助于拓展知识，提升认知。其他导师提供的经验方法、心理培训课程中涉及的案例可以提供参考，却无法简单复制，毕竟教育面对的是每一个变化不同的个体。我一直在摸索能适合高同学的方法。

造成高同学行为偏差的原因是复杂多样的，也不是一两天形成的，仅从外在表现来判断可能是不够的，需要了解他的心理特征。高同学性格外向好动，在同学中喜欢引人注意和好出风头、懒散、自制力差、自我反省能力差。高同学一直以来听到的可能更多是批评的声音，然后他也就变本加厉，但是接触久了会发现他不是真的完全不明事理、蛮不讲理的学生。有一次批评他,他说:"如果是这样,为什么以前没人跟我说?"我忽然感觉这学生更多地在表达他需要关心,从他的成长经历来看,他更渴望的很可能是来自父母的关爱。之后我尝试了一下,在跟高同学父亲反映他的一个违纪表现后,要求他父亲先跟他谈话,无论长短,哪怕寥寥几句,随口提到都行,过几天向他父亲表扬他最近行为有所好转,并表示这完全是他这个父亲的作用,他的几句话胜过老师的千言万语。之后持续在他父亲面前表扬了他几次,高同学对我这个导师的态度明显有了转变,他说他爸爸最近会主动找他聊几句,他很开心爸爸还会夸他,他不再整天顶撞我。而他父亲似乎也有了一点成就感,也会主动跟我这个导师联系,了解一下儿子的状况。

苏联教育家苏霍姆林斯基曾说过:"最完备的教育模式是'学校——家庭'教育,学校和家庭是一对教育者。"家庭是孩子成长的温馨港湾,父母是孩子的启蒙老师,家长潜移默化的熏陶极为重要。家长的教育理念、教育思想、教育态度,对孩子的影响极大。要保证学生的全面发展,必须是校方和家长"两个教育者"同心协力合作,以各种形式拓宽教育渠道,这样才能形成教育工作的合力,使教育效果达到最大化。对于高同学而言,家庭真的是推动他改变的起点。

我和高同学的关系就这样日益融洽。有一次,我在课上布置任务,我注意到他似乎要张嘴讲话,我想他这是又要习惯性抬杠了,没想到他又把嘴闭上了,当时我就想笑,想着,嗯,有用了。

三、导师活动的成效与反思

高同学在班里的表现日益好转,礼仪规范上,他的迟到明显减少,有事时会主动告知,不光不再与我这个导师,不再与班主任日日"斗争",对其他任课老师也礼貌了许多。在学业上,高三考试时,他从高一的D3上升到C3,他自己感受到了进步的喜悦,也表达了要努力维持的想法,历史等级考更是创本校纪录得了个 A$^+$。

这一段带导历程也让我收获颇丰。作为学科教师,我平时更关注的是学科教学成效,往往在课上花几分钟讲点德育问题就会觉得心疼那点儿时间,不如多讲几个知识点。但其实，以礼养德，以德育人，为师者必须以德为先。在教育过程中，立德树人是教育的根本任务，为师者，并不仅仅是单纯地传业、授道、解惑，更重要的一项任务是育人，培养学生积极向上的心灵，正确的"三观"，要以德育人、以心育人。师德是传统美德，师德同时也是教师的个人魅力。在教育过程中，自古以来，教师扮演的是一个智者，若要育人，先要律己。教师不仅要具备浩如烟海的专业知识，还要具备德艺双馨的人格魅力。我们的学生虽然大多是未成年人，但不代表他们没有判断能力，多数学生的价值观是正确的，能直接感受到老师的善意与用心。有一个成语叫作以德服人，师德更多的是一种人格魅力，在学术上的研究是永无止境的，师德上的造诣也同样是可以提高的。在教育过程中，以个人师德感染学生，也是个人魅力的释放。

在跟高同学的拉锯战中，我可是拿出了"滴水穿石"的韧劲。让高同学愿意听我这个老师的几句话而不怼我，我大概花了多长时间？一年！我们俩一开始是激烈地你来我往，以致我一听到某某老师向我投诉，想到我又要找他谈话就会有心脏病发作的感觉，有种恐惧感。每每心理建设完，又披荆斩棘上场。"骐骥一跃，不能十步；驽马十驾，功在不舍；锲而舍之，朽木不折；锲而不舍，金石可镂。"这句话就告诉我们一个浅显的哲理：很多事物的发展，都是由量变到质变的过程。据说后来高同学在别人面前会吐槽爸爸妈妈的各种不是，但说起我这个老师，还是会给句"胡老师挺好"的评价，这可真是我莫大的荣幸，巨大的收获，我心甚慰。

基本情况

彭思梦，第一期上海市民办中小学中青年优秀教师团队发展计划项目团队成员。现任上海市民办童园（实验）小学教师，教研组长，初级职称。在团队中主要承担项目的活动设计、课堂实践等任务。曾荣获静安区课堂教学评选活动二等奖、静安区第三届小学行规课教学技能风采展示活动一等奖。所撰写的《单元视域下小学语文阅读与习作教学策略初探》在《现代教学》上发表；区级青年课题"立德树人背景下小学高学段语文综合实践活动设计与实施的策略研究"获得静安区课题研究成果二等奖，并在《教育探索》上发表。

教育感言： 用最初的心走最远的路，做一个有温度的启智者。

教海初航　团队引路

上海市民办童园（实验）小学　彭思梦

2020年的那个冬天，书香童园弥漫着一种宁静而和谐的气息，天空高远而清澈，阳光斜斜地洒在校园里，为每一块砖石、每一片叶子都镀上了一层淡淡的金色。我还记得那天，市级项目启动仪式上，领衔人那句振奋人心的话语："希望两年后，我们项目团队的每位成员都能成长为'手中有法''眼中有人''心中有爱'的新型教师。"那一刻，我仿佛看到了一颗希望的种子在我心中悄然播下，等待着生根发芽。

一、自我剖析，艰难爬坡

随着市级项目"在提升小学生阅读能力中开展品格培养的实践研究"的推进，我感受到了巨大的压力。

"每一次课堂教学，每一次写作怎么都这么难？"我苦笑着向同事小杨倾诉。

"嘿，别灰心，刚开始都会有点困难。"小杨安慰我。

但毫无章法的课堂教学和写作"难产"的尴尬状态让我愈发焦虑。晚上，我躺在床上翻来覆去，失眠成了常态。我开始怀疑自己："我真的配待在这个项目组吗？"

然而，在我彷徨之际，团队的力量照亮了我的前行之路。每次研讨会，大家都会积极地分享自己的经验和见解。梁老师说："教学就像种树，需要耐心和细心。"王老师也鼓励道："写作就是寻找自己的声音，别怕初始的笨拙。"

一次深度的自我剖析会上，我坦诚地面对了自己的这两大弱点。项目领衔人听后，拍了拍我的肩膀说："正视问题，是成长的第一步。"于是，我下定决心，开始了我的"爬坡之路"。利用业余时间，我埋头阅读教育书籍，观摩了一位又一位优秀教师的课堂。每当夜深人静时，我还会尝试用笔记下自己的教学心得。就这样，在团队的支持和自己的努力下，我逐渐找到了感觉。课堂教学变得越来越自如，写作也渐入佳境。我开始享受站在讲台上的每一刻，与学生的互动也变得越发自然和有趣。

二、公开课亮相，华彩初现

一个午后，阳光斜洒在办公桌上，我正在整理资料，突然，"叮铃"——一则手机消息打破了午后的宁静。是项目领衔人冯老师的通知——我被选为区级公开课的授课人。那一刻，我愣住了。公开课？我？一个刚入职不久的新手？消息的内容在我脑海中反复回荡，一种难以名状的慌乱在我心中涌起。区级公开课，那可不是小事，那将面对众多的同行，甚至可能有教育界的专家在场。这次公开课，我能胜任吗？我开始怀疑自己的能力。但幸运的是，我并不是一个人在战斗。项目组就像一个有爱的大家庭，给予我无尽的鼓励与支持。每当我感到迷茫和困惑时，总有项目组成员伸出援手，给我指点迷津。备课的过程，如同一场旷日持久的战役。起初，我刻意模仿各类名师的课，依葫芦画瓢，却总感觉缺少了什么。就在我陷入困境时，项目领衔人冯老师找到我。她耐心地听完我的试讲，然后一针见血地指出我的问题——教学目标模糊不清。我这才恍然大悟，原来我一直在盲目地模仿，却忽略了教学的本质。

在冯老师的悉心指导下，我重新梳理了教学思路，开始了新一轮的备课。那段时间，我仿佛着了魔一般，整天沉浸在教案的修改和试讲中。每次试讲后，项目组的同事们都会给我提出宝贵的建议，在大家的帮助下，我逐渐找到了自己的教学风格，也变得更加自信。

"真是天助我也！"我暗自感叹。就在我为如何进一步修正教学目标而发愁时，市级项目的"名师面对面"活动如及时雨般降临，为我的公开课备课指明了方向。王荣生教授的讲座以课文《一分钟》为例，深入浅出地阐述了教学目标的设计方法。他的话语让我豁然开朗。我重新振作精神，借助名师讲座的启发对《读不完的大书》的教学目标进行了全面调整。从最初的茫然无措，到思考如何将零碎的知识串联起来为学生提供清晰的学习路径。在最后一轮的试教中，项目领衔人还特地邀请了区教研员李伟忠老师对我进行了手把手的指导，他提出的"以学生为中心"的教学理念让我深受启发，于是我大刀阔斧地将课堂环节进行了改革，以学生的兴趣为出发点，逐步推进教与学的意义所在，在一次次磨课的过程中我深切感受到了专家们对课程的深刻见解以及对年轻教师的极致鼓励和帮助，我的公开课教案也在试教的过程中逐步完善。

公开课的日子如期而至，清晨的阳光洒在校门口，给这个特殊的日子增添了几分灿烂。我整理了一下衣衫，深吸了一口气。此刻，我的心中不再是紧张与忐忑，而是满满的自信与从容。

"上课——"随着这一声口令，公开课正式开始。我站在讲台上，环视了一圈坐得满满当当的教室,看到学生好奇而期待的眼神。我打开了精心准备的课件,开始了我人生中的第一次公开课。

35分钟里,我尽情地展现了自己的才华与激情。我与学生积极互动,引导他们思考问题、发表观点。课程内容生动有趣,学生笑声连连,我也享受着与学生共同学习的乐趣。

随着"下课"的口令响起,我紧绷的神经终于放松下来。我环顾四周,看到了项目领衔人对我竖起了大拇指,那一刻,我眼眶一热,心中充满了感激和自豪。

"讲得非常好!"项目领衔人走过来,与我握手。

"谢谢,都是团队的功劳。"我谦虚地回应。

我的第一次登台"亮相"就在这热烈的掌声中圆满落幕。这不仅是我个人的成功,更是我们整个团队的成功。那一刻,我收获了满满的自信和成长。我深刻体会到教学之路虽然荆棘密布,但只要有团队的支持和个人的不懈努力,就一定能走得更远、更稳健。

经历了数个不眠之夜后我终于迎来了收获的喜悦,我的区级公开课荣获"优秀"的评价,这是我教师生涯中的第一份荣誉。我深知,这份荣誉并不仅仅来源于个人的努力,更需要项目团队的智慧和力量,是项目组团队的倾囊相助让我信心百倍地站在了讲台中央。我也深刻意识到,在教学中,要给自己"试错"的机会,不要害怕失败,行动起来比什么都重要。

三、笔下生花,以写促教

在教育的道路上,我始终相信,文字的撰写不仅是教育工作的延伸,更是我自我提升与成长的重要途径。自从我化身为"小编",创建班级公众号后,这份信念便在我心中生根发芽,茁壮成长。

每当夜深人静时,我便坐在电脑前,敲击着键盘,将教育教学中的点滴记录下来。那些鲜活的思想和事件,如同珍珠般散落在我的记忆里,我用文字将它们一一串起,编织成美丽的篇章。

公众号的创建并非一帆风顺，在筹备过程中，我多方取经，精心设计各个板块。"向阳思享"记录了我对教育教学的反思与经典课例的分享，每一篇文章都是我对自己教学实践的总结与提炼。而"向阳读书"则以好书推荐及阅读活动的形式，带领学生共同感受阅读的魅力。

公众号的推出受到了家长和学生的热烈欢迎，他们纷纷留言，表达对我的支持与鼓励。这些小小的"量变"让我拥有了更宽广的育人视角，也让我逐渐学会走进孩子的内心，关注他们的点滴变化。在这样的文字传递中，家校关系也达到了前所未有的和谐。

然而，书到用时方恨少。写得越多，我越感觉到自身知识的匮乏。为了提高教学与写作能力，我开始有目的地精读专著。卢梭的《爱弥儿：论教育》让我对教育有了更深入的理解；余映潮的《致语文教师》为我指明了前行的方向；苏霍姆林斯基的《给教师的建议》更是让我受益匪浅。这些专著丰富了我的教育理论知识，为我的教育随笔提供了强大的理论支撑。

在阅读与写作的过程中，我实现了"育人"与"育己"的协调发展。我在教育学生的同时，也在不断地自我提升与成长。每当看到学生在阅读与写作中的进步，我都深感欣慰。而我自己也在这一过程中收获了无数的知识与感悟。终于，功夫不负有心人，经过一年多的努力，我的文章开始陆续发表在市级、区级的刊物上。在写作的过程中，我还学会了如何在日常教学中捕捉灵感和教学突破点。2022年的青年课题申报中，我敏锐地把握住了"双新"背景，以"综合实践活动"为切入点，成功申报了青年课题，并首次获得立项。在课题研究成果评选中，我荣获了区级二等奖。

在团队的引领下，我逐渐形成了思考、总结的习惯。每当遇到问题，我都尝试用文字记录下来，这种"倒逼"自己的方式，能让我时刻保持理性的状态，时常自省吾身。以写促教的信念，在我的心中慢慢扎根……

四、回望来路，再启新程

时光荏苒，我已在教育一线摸索五年有余。这段旅程中，与学生、家长、同事共度的每一刻都成为我珍贵的记忆。那天,我看着学生在操场上奔跑,心中充满感慨。初入教育行业时的迷茫,在学生的笑脸和同事的帮助下渐散。

"老师,您怎么了?"小明关切地问,我微笑着回应。听到学生真挚的认可,我眼眶微湿。教育的路上虽有无数挑战,但学生渴望知识的眼神、同事间的互助,都成为我前行的动力。我与同事共同探讨教学、分享心得,在团队中感受家的温暖。

"你知道吗,我最近尝试了一种新的教学方法,效果还不错。"同事小傅兴奋地对我说。

"真的吗? 快说来听听!"我好奇地问道。

于是,我们两人便坐在办公室里,热火朝天地讨论起新的教学方法来。这种氛围让我感到非常愉悦,也让我更加坚定了继续前行的决心。

回望过去,我深感教育之路虽充满挑战,但正是这些挑战让我不断成长。我深知,自己的每一次进步都离不开团队的支持和学生的鼓励。在未来的日子里,我将继续怀揣热爱、勇往直前,为学生的成长贡献自己的力量。

教育不仅仅是传授知识,更是塑造人生观、价值观的关键。我希望在自己的引导下,学生能拥有广阔的视野、独立的思考和坚定的信念。我相信自己将在教育这条道路上越走越远,与团队同仁一起谱写更加辉煌的教育篇章。我也期待着在未来的日子里,能见证每个学生的成长与蜕变,陪伴他们一起追逐梦想、实现理想!

基本情况

王欣玉，一级教师，第一期上海市民办中小学中青年优秀教师团队发展计划项目团队成员。"指向学生语文学科核心素养培养的教师专业队伍建设研究"项目组成员，宝山区见习教师规范化培训基地学校指导老师。从事语文教学工作 12 年，年级主任工作 5 年。荣获第二届上海市民办中小学青年教师"名爵杯"教学评比二等奖，在 2021 年、2022 年宝山区中小学单元整体教学设计案例设计中分别获得二等奖和一等奖。

教育感言： 情感如同肥沃的土地，知识的种子就播在这个土壤上。

"美丽颜色"显精神，万紫千红才是春
——团队助力，赋能绽放

上海市民办交华中学　王欣玉

在武侠小说的世界里，独行侠要打通任督二脉方能制霸天下，而在语文教学的探索中，语文老师又何尝不需要打通自己的任督二脉从而突破研学的瓶颈。我参与"名爵杯"民办中小学教师教学设计大赛的一段经历，就是自己攻克难题、豁见正途的印证。

随着项目"指向学生语文学科核心素养培养的教师专业队伍建设研究"立项了"民优计划"项目，我们的团队也正式宣告成立。原本设定的计划是先以叙事类文本教学为抓手进行研究，首重从单元教学出发，其中我的任务是参加"'名爵杯'上海市中小学青年教师教学评比"的决赛授课，主讲《美丽的颜色》。在教学准备的过程中，我不仅在文本中领略到了居里夫妇的精神底色，更在备课中体验到了项目组团队协同共进的力量。

一、茫然不悟身何处，水色天光共蔚蓝——"我们是一起的！"

在着手准备之前，领衔人和我进行了一次深谈，明确我在团队中的定位与发展方向。那时的我对自己的教学设计和教学成果都有着极高的自信——立足于"写什么""如何写""为什么写"的设计思路，我已经让学生掌握了一条文本分析的路径。无论是筛选信息、概括文本还是赏析语言，学生都掌握了一定的技巧，我认为我已经是一名非常成熟的"老教师"了。领衔人说："以前你更多是从单篇课文的角度进行教学设计，这次要站在单元的角度上去认识和设计这节自读课。相信你经过几轮准备后，会有更多收获。"

带着这样的思考，我完成了第一轮的教学设计。通过把握文本前部分"艰苦且快乐"这一看似矛盾的语言形式带领学生逐步梳理文章围绕居里夫人写了哪些困难、困难中人物的行为表现，通过关注语言形式中的副词、人称等逐步感受人物的精神品格，再抓住议论句感受作者寄寓的思想情感。然而，一节课下来，每当学生在总结学习路径时，却在面对问题与思考问题间的关联时显得茫然无措。授课结束后，领衔人史老师组织了项目组所有成员进行评课研讨，他们提出的问题一针见血——

"本节课我们应该给学生怎样清晰的逻辑框架？"

"如何教会他们真正阅读这一类的文本？"

"如何把本课立足于单元中进行教学？"

"如何真正落实自读文本教学？"

当一系列问题接踵而至时，我才意识到，自己还是拘泥于单篇文本的教学，看似给了学生一个普遍意义上的问题链，实则没有一个可实施的结构化路径。而脱离单元视野下的教学等于割裂了文本与文本间的关联。失去了整体建构，则永远无法让学生从低阶思维走向高阶思维，更无法真正意义上锻炼学生解决问题的能力。到底怎样的文本设计才能给予学生真正解决问题的路径？那一刻我觉得自己武功尽失，迷茫至极。

在一旁的史老师把我的茫然看在眼里，温和地说："没关系，我们是一起的！"这句话就像雨后第一缕阳光，为我开启了一个五彩而灿烂的世界。史老师建议以这节课为契机作为整个项目组的研究课题，在协助授课老师教学设计的同时共同探索出一条课堂观察和评价的路径，既能指向学生的素养提升，又能给教师成长搭建桥梁。于是，我们的研讨正式拉开帷幕。在第一次试讲后，项目组的语文老师进行了长达 5 个小时的研讨，我们共同细读文本、明确目标、梳理框架，设置流程。在研修的过程之中，景娜老师总是能一针见血地指出问题链中的逻辑问题，曾战娥老师总能关注到字句之间的细微联系，彭小燕老师更是站在单元的角度看待问题……这些都被史老师一一看在眼里并默默地记录着。

在第二轮研修之前，史老师提出，此轮研修每个人都要进行有侧重点的观察和记录——问题链的设计、时间的安排、板书的推演、语言的衔接和环节的设置等等。果然，在第二轮研讨开始后，每名成员都带着自己的侧重点进行记录和思考，我们的研讨效率更高了，思路也更清晰了。在集体备课过程中，史老师据此让老师们进行了分工合作——设计板书，修正作业设计，以此寻求更高效的教学策略。在此次的研讨过程中团队老师还将环节与环节之间的衔接做了更为精心的设计，大家提出了许多可以让课堂节奏选起的小技巧和好方法，让环节与环节之间能做到层层递进，让整个课堂的节奏能够张弛有度。

二、半亩方塘一鉴开，天光云影共徘徊——协同作战求突破

离比赛的日子越来越近，而一个又一个的肩膀帮我扛起了这重如泰山般的重

任。从此,团队中的每个人都踏着交华的月色归家,夜复一夜。

记忆中,有无数个身影常伴身侧——问题设计组的老师精益求精地推敲问题链。在几轮研修过程中,我们更加关注教学目标和单元目标的联系、重视教学目标与问题链的关联,力求表达的精准和逻辑的清晰。语言表达组逐句纠正我不规范的教学用语,以适度、审慎、精练的原则力求设问和引导的指向更加清晰,让学生也学会规范性的表达。板书设计组结合课堂流程不断地提炼和修改板书,力求清晰、指向性强。作业设计组根据教学目标和单元目标不断进行梯度和任务性作业设计……攻坚的日子正在乍暖还寒时,但党办温暖的灯每天都从下午四五点亮到晚上十点十一点,为团队中的每名成员驱散凄风冷雨。我们一起叩石垦壤,一起像推导数学公式一般演绎辩论并乐在其中。

记忆中,有无数个画面闪过脑海——那是她们桌前空了又满上的一杯杯咖啡;那是孩子尚年幼的景娜老师手机里传来奶奶的一声"妈妈你什么时候回来啊?我好几天没看到你了";那是刚刚战胜了病魔身体依旧单薄的曾老师打着无数呵欠仍然在努力支撑的侧脸;那是史老师无数次看到消沉的我后不失时机地表扬:"妹妹进步非常大!学生的回答从前几节课的词语、短句到现在用一段话来陈述自己的观点,这就是教师引导的作用。"

是的,姐姐、妹妹,这是我们团队里对彼此的称呼,是家人般温柔的呵护、温馨的陪伴、宽厚的依靠。她们忘却了身体的疲惫,隐忍了对家的牵挂,却始终把对团队中姐妹的关怀挂在嘴边、放在心上。

那时我的微信里充盈着她们思维的火花、温柔的安慰。"此处的重点应该调整一下。""这个难点设计得很漂亮。""用学生问题梳理,又另用一学生当场点评,体现了自读课文的特点和学生的自主性,教师的语言也干净了!"她们不吝燃烧自己,只为铺平我教学环节设计路径,"这个部分用我的设计"。她们"锱铢必较",用工匠精神细细打磨:"导学案上题号有错位。""标注题号的阿拉伯数字后用小圆点,不要使用顿号,不规范。"似乎这是一场团队的战役,而她们每一个人都在这战场上冲锋陷阵。

回首这段过往，我感觉自己在无数个教学实施的环节中重新审视了教学，打通了任督二脉。我终于认识到，立足于单元教学的自读课设计，要能用逻辑性的环节设计去调动学生的已知。同时文本的价值就在于文本的写作个性，需要深入挖掘。为了知识点清晰地推进，针对性的预习设计、板书设计以及作业设计必须要简洁、有梯度地呈现。其实，一节好课就像一个精密的仪器，每一个零部件都需要毫厘不错地运转与配合，方能和谐共荣，真正提升学生语文素养。

在最后一次试讲前，史老师提出，立足于学生素养提高的课程，必须要关注学生的认知表现。除了课堂上点到的学生能清晰回顾问题链之外，我们还应该关注到更多学生的行为表现。因此，我们在授课结束之后不仅要进行后测，还要有随机的学生访谈。

通过后测，我们清楚地看到了学生对于本节课知识点的掌握程度，同时不同教师立足于不同的观察角度对学生进行随机提问，进而记录学生表现的访谈形式让我们了解到学生真正在课堂上的收获同时，也让我们看到了许多细节的问题。随后，我们的研讨便从教师"教"的角度，真正立足于学生"学"的效度，重新审视问题链的设置、问题的关联及下位问题的设置，最终形成了《美丽的颜色》教学设计第五稿。而这个学生访谈的形式也成了我们进行课堂观察与评价的重要一环。

三、日出江花红胜火，春来江水绿如蓝——生生不息展成果

随着"名爵杯"的落幕，《美丽的颜色》的教学设计和授课得到了专家的认可，最终获得了市二等奖，而同时《交华中学课堂观察实践表》也初具雏形。根据此次教研历程，领衔人史老师在总结经验的过程中发现，有效的观察角度和分工对于每轮教学效果有着极大的作用。这个过程既包含问题的设计、语言的表达，也包含师生的互动、学生的表现。很快，依托于此次教研，我们以文体为综开展了不同的单元设计和教学实践，每个人都被恰如其分地分到了各个组中，研究型、成长型教师搭配职初教师，大家互帮互助，共同提高。在团队研究不断推进的过程中，所有的老师都在不断地进行自我突破。其中两位职初教师进步神速——问题设计

组的雪锋后来者居上，在问题链的设计上思路清晰、逻辑性强，常常让人醍醐灌顶。而"技术流"李鑫弟弟更是从记录学生的生生互动频次、生成性问题数量、不同提问形式下学生的行为表现情况过渡到用 AI 技术记录和统计学生的行为表现，形成学生生成性答案关键词，对比教师和学生的成长，带领了整个团队又向前走了一大步。

在团队不断前行的过程中，有一个人总能发现每一个人的长处，并且善加利用，让之在团队里发光发热，成为自己和团队中的小太阳，那就是我们的项目领衔人。而我在她的帮助下，从只敢进行会议快速记录，到在问题设计组首要发言，这不仅仅是因为每一次她提纲挈领的点拨，更是因为每一次活动结束后她那些亲切的夸赞："妹妹今天给了姐姐好多惊喜。""妹妹今天的点评精要，绝对是亮点！"每次看似不经意的夸赞都让我渐渐对自己的教学研究多了一份信心，多了一份继续探索的勇气。这样的鼓励萦绕在整个团队中，让我们这支年轻的队伍一路披荆斩棘，无往不利。

如今项目组已经结项，时过境迁，让我感慨更深的是在研修过程中的价值认同。从最初的迷茫到最后的豁然开朗，引我走出迷谷的是一群执着明灯的语文人。在他们身上我常看到一种锲而不舍、金石可镂的气魄，一种不破楼兰终不还的执着，一种温文尔雅的谦和，一种甘居人后的付出。我们思维火花的碰撞时常萦绕在线上线下，一句贴心的提示、一段灵感迸发的补充，背后皆是不吝啬的给予与付出。在交华的项目组，经常感受到的是一种求同存异、和而不同的个性思维，一种荣辱与共、春风化雨、平等共进的文化氛围，更是一种敢拼敢打、永不服输、稳扎稳打的价值认同。

学贵得师，亦贵得友。一个好的团队就是集专业与温情为一体的。团队成员拧成一股绳，就能其利断金。正所谓吾生也有涯，而知也无涯。这条语文教学之路有趣、有味，与一群趣味相投之人结伴而行更是有喜、有乐。美丽的颜色，就是团队其利断金的精神底色。

基本情况

罗茹佳,第二期上海民办中小学青年优秀教师团队发展计划项目团队成员。现任上海青浦区协和双语学校五年级语文教师、班主任以及语文年级备课组长。2022年被评为青浦区教育系统第七届名优教师"教坛新秀",项目式学习案例论文《童声话"上善"》获得青浦区项目式学习案例比赛三等奖,荣获校级"优秀班主任""优秀导师"称号。

教育感言: *育人者先育己,是为智;正人者先正己,是为德;智德兼备者,方为师。*

脚踏实地,创新领航

——"民优计划"下的成长之旅

上海青浦区协和双语学校 罗茹佳

在教育的航道上,我曾是一艘迷失方向的船只,渴望着灯塔的指引。作为一名青年教师,我带着满腔热情投身于语文教学,却逐渐感受到了职业发展的迷茫。日复一日的教学让我的课堂氛围似乎陷入了停滞的境地,创新的火花似乎难以点燃。

然而,命运的转机悄然而至。我有幸加入由黄莹校长主导的"民优计划",这不仅是一次学习的机会，更是一次心灵的觉醒。在这个项目中，我开始了一段全新的探索之旅，将项目式学习的理念从理论转化为实践。

起初我带着对项目式学习理论的好奇和热情，深入研究，试图找到突破传统教学模式的钥匙。然而，当理论与实践的交汇点逐渐清晰，我迈出了实践的第一步，心中却不免有些纠结。但在一次次的课堂实践中，我逐渐感受到了成长的喜悦。

得益于学校领导的大力支持和项目式学习领域专家的细致指导，我在教学过程中的心态经历了从彷徨到专注、从疑虑到积极的转变。每一次的尝试和反思都让我更加坚信：教育不仅是知识的传递，更是心灵的触碰和思维的启迪。

回首这段学习历程，我深刻体会到，教育不是一蹴而就的，而是在不断的探索与实践中逐步前进的。我学会了如何在团队中倾听、交流和协作，学会了如何在挑战中坚持和创新。这些经历如同一盏盏明灯，照亮了我前行的道路，也让我对教育有了更深刻的理解和感悟。

一、从 0 到 1 的勇气

在学生时代，我深受《师说》中韩愈的教诲："师者，所以传道受业解惑也。"这份对知识的渴望和对教师角色的敬仰一直伴随着我，直到我成为一名教师。站在讲台上，与学生共同探索知识的海洋，我感受到了前所未有的自豪与成就。然而，随着时间的推移，我发现教学之路并非一帆风顺，学生的提问常让我措手不及，却也激发了我不断探索的决心。

一次，《富饶的西沙群岛》的课堂上，一个学生的问题让我陷入了沉思。他质疑为何西沙群岛如此美丽却鲜为人知。这让我意识到，学生对于世界的好奇和渴望远超过我们的想象。课后，我与学生深入交流，了解到他们通过网络了解世界的愿望，以及在疫情期间无法亲身体验的遗憾。这让我萌生了一个新的想法：为何不让学生成为祖国山河的推荐官，让他们用自己的方式向世界介绍这些美丽的地方？

然而,这个想法在实施过程中遇到了困难。原本计划的课时远远不够,我陷入了迷茫。就在我几乎要放弃的时候,有幸加入了"民优计划"的项目小组。在这里,经验丰富的老师给了我宝贵的建议,让我意识到可以以学生的提问为出发点,开展一次项目式学习的教学实践。

尽管第一次尝试并不完美,但它为我打开了跨学科项目式教学的大门。从那以后,我开始尝试将教材中的习作主题和人文主题融入项目式学习,我的课堂逐渐从以教师为中心转变为以学生为中心,教学设计也从单一的活动转变为综合性的项目式学习。

在这个过程中,我不仅在教学能力上有所提升,更在团队合作中收获了成长。这让我更加坚信:教育的力量在于激发学生的潜能,引导他们探索未知、发现自我。

二、从认真教到努力学:一名教师的转变与成长

在教育的舞台上,我曾是那个站在聚光灯下的"讲授者",然而随着项目式学习的到来,我的角色悄然发生了转变。这种以学生为中心的教学方法,让我从传统的"教"走向了"学",从课堂的中心走向幕后,成为学生学习旅程的引导者和支持者。

在五年级的民间故事主题单元中,我深刻体会到了项目式学习的魅力。它不仅激发了学生的自主学习兴趣,也让我的教学能力得到了显著的提升。学生通过问卷调查,自主发现民间故事的现状和问题,这让我看到了他们对知识的渴望和对学习的热爱。

我还记得,在"童声话'上善'"主题的跨学科项目式学习中,学生的学习兴趣和批判性思维能力得到了显著提高。他们不再被动接受知识,而是主动探索、积极思考。在小组讨论中,他们分析故事情节,探讨角色动机,挖掘故事背后的文化含义。这种探究的过程,不仅锻炼了他们的语言表达能力,也培养了他们的创造力。

我感到自豪的是，学生在讲述和演绎民间故事的过程中，展现出了丰富的语言和表达技巧。这不仅是对他们之前复述故事能力的挑战，更是对他们创造力的考验。而他们，做到了。

在这个过程中，我也在成长。我学会了如何根据学生的学情设计教学环节，如何拓展自己的知识储备以适应学生的不同需求和兴趣。这种创新精神，对教师的专业发展至关重要。对于我这样的青年教师来说，这样的成长速度是前所未有的。

总的来说，项目式学习不仅改变了我的教学方式，更改变了我对教育的理解。它让我明白，教育不仅是传授知识，更是激发潜能、引导探索、培养能力。在这个过程中，我与学生一同成长，一同探索知识的海洋，一同体验学习的乐趣。

三、从"快走"到"远走"的转变：跨学科项目式学习中的教师成长之旅

在教育的广袤天地中，我深刻体会到了团队合作的力量。正如雷军所言："一个人可能走得很快，但一群人走，才能走得更远。"在"童声话'上善'"的跨学科项目式学习中，我有幸与美术、英语、数学和计算机等不同学科的老师们携手，共同为孩子们铺设了一片知识的海洋，让他们在探索中成长。

增强团队意识：在这个过程中，我深刻认识到，教育不再是单枪匹马的战斗，而是一场团队协作的交响乐。每位老师都发挥着不可替代的作用，我们像是一列火车上的车厢，各自独立却又紧密相连，共同推动着学生向着知识的彼岸前进。我们的目标一致，我们的力量汇聚，共同为孩子们搭建起通往知识殿堂的桥梁。

提高沟通与解决问题能力：我意识到，有效的沟通是团队合作中不可或缺的一环。在共同备课的过程中，我们学会了如何精练地表达自己的想法，同时也学会了倾听他人的意见，共同解决遇到的问题。这种能力的提升不仅促进了项目式学习的成功，也促进了我们个人能力的发展。每一次的头脑风暴都是对我们沟通能力的锻炼和提升。

学会尊重与包容：在团队合作中，我学会了尊重和包容团队成员的不同观点

和创意。这种尊重和包容不仅营造了一个和谐的团队氛围，也提高了团队的整体效率。我学会了在差异中寻找共识、在多元中寻求统一，这让我在团队中更加自如地发挥自己的作用。

通过实践五年级上学期的民间故事项目式学习，我看到了它对教师自身发展情况的积极影响。同时，这种教学模式不仅提高了学生的学习兴趣和综合素质，还培养了他们的团队精神和协作能力。我看到了学生们在项目中展现出的创造力和批判性思维，他们在探索中学习，在合作中成长。

我通过"民优计划"项目了解并学习到适合这个时代发展需要的创新教学方法。在参与"民优计划"的学习过程中，我获得了坚实的基础，这让我有勇气去创新，去尝试"大胆"的教学实践。我学会了如何在教学中融入跨学科的元素，如何在课堂上激发学生的探究精神。

在未来的教育实践中，我将继续专注于探索跨学科项目式学习的教学，以促进自己的创新精神和团队协作能力的发展。我相信，以脚踏实地的态度承载敢于创新的精神，我能与团队一起，走得更远，走得更好。我期待着在教育的道路上，与团队迎接每一个挑战，享受每一次成长。

在"民优计划"的引领下，我更加坚信，教育的力量在于激发潜能，引导探索，培养能力。我期待着在未来的教育旅程中，能够与我的学生一起，不断探索、不断学习、不断成长。让我们一起在知识的海洋中航行，一起在创新的天空中翱翔。

基本情况

任永飞，第二期上海市民办中小学中青年优秀教师团队发展计划项目团队成员。现任上海市民办新黄浦实验学校小学语文教师，年级组长，一级职称。在团队中主要承担收集正负面清单的任务。曾荣获上海市小学语文教学优秀论文三等奖、第二十九届长三角小学生作文大赛优秀指导奖。在《教育》期刊上发表教学案例《知识可视化教学在培养学生阅读复述能力中的应用》。

教育感言： *教而不研，则教必失之肤浅；研而不教，则研必失之深晦。*

探究本源　优化蜕变
——青年教师成长之路

上海市民办新黄浦实验学校　任永飞

加入"基于实证的课堂设计和实践探索"项目时，我正负责五年级的语文教学工作。在日常的教学实践中，我发现学生的阅读水平较低，语文阅读练习错误率高；学生平常语言表达能力弱；课外阅读的现状更令人担忧。在发现问题后我勇于实践，努力寻求解决方法，在通过项目化学习探究语文教学方法的过程中，越深挖越有惊喜。

一、融入团队,共绘蓝图

每周五的全教会上,黄校长都会聘请一些专家老师来校为我们作指导,交流学习。又是一次校组织的脑科学课题培训,我听得云里雾里,本来上了一周的课,就已经筋疲力尽,想到马上学生的期中练习又要开始了,心里更是烦躁,学生的阅读题真是怎么教都教不会,已经能预料到他们这次阅读题回答又是一塌糊涂。我对那几个"语文学习钉子户"实在没辙,课后补差、设置个性化作业、朗读、背诵……统统没用,他们就是不开窍。

"迪昂是如何在学术研究的过程中,一步步破解了人类的脑与阅读之间的关系,又是如何把它们转化应用到教育实践中去的呢?"台上周加仙教授的声音一下将我从胡思乱想中拉回讲座大厅,只见周教授手里拿了一本《脑与阅读》正在向我们介绍。"我们在将这些阅读理论应用到实际的过程中,可能还会遇到许多细节的问题。需要具备更综合性的知识体系,才能更好地解决。这个体系,仅靠一本书是无法形成的。作为译者,以及教育神经科学方面的研究专家,我们团队会补充大量的实际案例及实践方法,告诉老师们,在实际生活中如何更好地运用这些理论、方法,做更高效的教育者和学习者……"

周教授的话一下子启发了我,反正现有的方法都不起作用,何不试试脑科学的方法,通过相关科学理论,看看能不能对学生阅读能力提升起到作用,但是一想到我从未了解过相关学说,内心不免有些忐忑。

会后,我鼓起勇气找到学校负责教科研的老师,说明了我的想法。"太棒了,你能主动钻研,一定会有收获的。"出乎我意料的是,程老师在得知我是科研小白的情况下,并没有拒绝我,而是盛情邀请我。"你知道吗? 现在周教授的团队急需老师提供的各项课堂实践材料,理论研究离不开数据。如果你能跟着团队一起,那真是太好了! 我们欢迎你的加入。"紧接着,程老师向我介绍了整个民优团队发展计划,告诉我这条路从哪儿来,要向哪儿去……

我的第一步跨出去了,并被团队稳稳接住,好像漂浮不定的船一下有了停靠的港湾,此刻,我对未来充满憧憬。在研究过程中,我的课堂教学将会和脑科学交织出怎样的火花,又会产生怎样的成果,真是太让我好奇了。

二、挑战自我,技能飞跃

我们团队的工作节奏控制得很好,任务虽然多,但是分工很细致,什么时间做什么事,大家都清清楚楚。在跟着团队完成了 5 次正负面清单的搜集整理工作后,我对项目团队工作有了更清晰的了解。程老师开始着手安排我个人负责的项目问题。"语文问题你有不懂的,中学部的孙老师可以帮你;脑科学你有不明白的,我可以教你。我们都不会的,大家可以一起学。"

一个阳光温暖的午后,程老师、孙老师和我一起打开了腾讯会议,正是学生午休时间,我们在网课空隙见缝插针,研究论文开题。

起初,我将探索方向定为怎样提升学生阅读审美创造力,希望能解决学生对文本内容感知不充分的问题。三人小组讨论很热烈,大家表示,我的想法是好的,但是理论支持还不够、题目太大、框架不清晰……果真是当局者迷,自己闷头看,怎么也看不出问题。团队伙伴毫无保留,将自己所学的内容一一告知我,供我参考。

午休时间很短,只有一个小时不到,但是这个午休对我来说又是那么漫长,因为在这不到一个小时的时间里,我学会了怎样查阅国外文献,怎样用翻译软件阅读外刊。通过讨论交流,我在广阔的语文教学领域中,明确了自己的研究兴趣所在——阅读教学方向。程老师建议我通过学习酝酿一段时间,后续可以借助专家老师的指导,帮助我进一步细化研究主题,确保论文的针对性和深度。海量的信息涌入我的脑子,真是收获满满,我迫不及待想把新课标的内容和脑科学相关的知识好好读一读,看看大家在阅读教学过程中的理解和思考。

此刻,我突然觉得自己和无数老师站在一起,大家共同在为打造优质、高效的课堂而努力着。午后的阳光不知不觉中洒满我的全身,也照亮了房间,使它变得如此明亮,一切都充满了希望。

三、协作共赢，智慧碰撞

在初步学习后，我急需更肥沃的土壤滋养。为了让我初具形态的想法更加成熟，学校专门邀请了华师大的专家团队老师帮助我做课题培训，对我的项目进行一对一指导。

每周六晚七点，我们准时上线，我将一周查阅过的论文整理好，将自己不明白的地方圈画出来，唐老师为我逐一解答。有时，会议室里也会有其他学校的语文老师一起参与讨论，唐老师帮我们这些初学者建了一个群，彼此之间的交流频繁且密切，氛围也很开放，完全不用担心会打扰到别人，大家都很理解在教学之余挤时间做科研的不易。随着时间的推移，我越来越被这种氛围吸引，也渐渐融入了这个集体。我发现，在交流中我不仅学到了很多，还发现向别人解释自己的想法其实也是一种思路的梳理，通过这样的过程，我能对知识有更深的理解和掌握。

第一次参加项目组阶段展示时，我非常紧张，因为知道自己在很多领域还是初学者。在讨论过程中我也坦诚地向专家老师表达了自己的不足。意外的是，大家非常友好并给予了我鼓励和表扬。唐老师针对我的项目研究进一步指出，要我的课题秉承着从实从小落实的原则，不要空洞的"高大上"。在一次次的修改和讨论后，最终我将项目开题定为《知识可视化教学在培养学生阅读复述能力中的应用》。

这个项目确实是非常具有探索性的一个过程，最开始的设想到后来都已经面目全非了。起初，我想利用知识可视化的教学方式，最大限度地将语文阅读中复杂抽象的内容概念和篇章结构等具体化。希望借助目前流行的构建思维导图的方法，提升学生阅读复述能力，但是效果一直都不好，学生没能发挥预想中的课堂学习主动性，依旧是被动地根据课堂老师的要求进行文本阅读和思考。我的探究仿佛变成了一个空中楼阁，想要实现课堂有效教学，却苦于无法达到。

在整个四月份，我多次尝试不同的教学方法，但实际操作都很困难。于是我查阅相关的论文，却如同大海捞针收获寥寥。又跟教研组的老师进行了很多讨论,他们也给了我很多好的意见,但理论与实践的融合效果都不太好。

正值困扰之际,唐老师又给我提供了许多建设性的思路。这一次,唐老师反而没在学术方面对我过多指导了。我们一起围坐在桌边,我问唐老师,我想运用这些可视化工具,看别人操作效果都很好,可是等我到课堂实际运用,学生却一脸茫然,不知如何下手,弄得我也很困惑,这样上的课反而不像语文课。唐老师听完哈哈一笑,说:"饭要一口一口吃,你一股脑塞给学生,他们是吃不进的。知识可视化的分类和操作方法再具体化,再细一些。"唐老师充满耐心地慢慢说:"在实际教学应用场景中,要把课堂真正落实到以学生为主体,从而达到理想中的课堂教学效果……"这些建议让我一下子豁然开朗。不论是核心素养的培养,还是脑科学的教学方法的辅助,在小学语文教学中,教师必须把课堂学习的权利真正归还给学生,让学生在自主探索的过程中不断成长。

于是在后期修改调整的重点上,我丰富了师生活动和生生交流的环节,将课堂问题活动化、课堂活动任务化,改变以往的教学观念,加强教学过程中知识可视化的强度。把实践的落脚点放在培养学生的阅读复述能力上,这样能更清晰地看到知识可视化教学方法在语文课堂教学中的应用效果。

四、创新思维,引领突破

设计思路一打开,我便迫不及待想到课堂中实践探索。我选择了统编教材五年级第二学期课本里的《月是故乡明》这一课,希望在课堂实践中利用图像、颜色、光彩、视听等多媒体教学手段,以达到带领学生走进"故乡月"和"他乡月"的目的,实现调动学生的知识储备的结果,为学生文本话题分析讨论做准备。期待在文本理解过程中,学生能根据思维导图给出的主要线索分析文章,找出各个线索下的具体事件,进而归纳补充。

在教学过程中,我指导学生在课文学习过程中加入批注,使阅读思考过程留有痕迹,以"可视化"为载体,探寻复述表达的路径,促进学生思维能力的培养,实现对文本内容理解的最大化。老师提问,学生在阅读过程中批注,将文本内容中的关键句和前后文联结起来,结合自身经验联想.再将自己的想法写下来,有助于学生掌握单元语文要素,理解作家情感和行文风格。即便是一篇散文,学生也有具象化的思考,不再是面对虚无缥缈的文字。将老师的课堂板书与自己的批注相结合,不仅有助于课堂学习,对课后的复习梳理也有帮助,引发学生新的思考,进行二次批注。我引导学生进行说话练习、词语积累,创设了轻松愉悦的教学氛围,学生积极主动地表达心中的想法。这堂课不但学生学得扎实,老师也是收获满满,激发了语文组老师挑战阅读教学探究的勇气和兴趣,得到学校领导和家长的好评。

五、责任担当,角色蜕变

语文阅读的范畴较大,有很多不同的文体。为深入研究阅读教学方法,我们在每次研讨课前期都进行集体备课。作为备课组长,我将寒假学习到的知识和老师一起分享,研讨时老师阐述各自的观点,对教学设计、预设课堂、课堂环节、板书设计等每个细节各抒己见,力争使每堂课达到最优化。

为了个性化展示学生的阅读表达能力成果,我通过语文组的读书节活动对学生进行具体指导。活动前我制订了活动计划,要求学生根据自己读过的书籍进行创作,在主题鲜明、内容健康、设计新颖、思想性和艺术性相统一的要求下,将自己对文本的阅读理解通过手抄报的形式进行复述。

学期临近尾声,暑假里,我结合课题学习以及一年以来的课堂实践活动,一鼓作气撰写了论文《知识可视化教学在培养学生阅读复述能力中的应用——以〈月是故乡明〉一课为例》,科研干事程老师与我一起探讨,帮助我把稿子交给专家组老师审核并修改,又整理了相关的研究材料。最后经学校领导审核同意,提交发表。

六、心态成长,坚韧不拔

在紧锣密鼓的探究学习中,我不知不觉地带动了其他语文教师对阅读研究的热情,自身的各项能力也得到了很大的提升,学生更有阅读学习的动力了。"任老师，我现在六年级了，你之前教我批注、画思维导图的方法，到现在我还在用，这次语文得了全班第一哦!"听到学生掌握了学习的好方法，我的内心感动不已。

回顾这过去的两年，我都不敢相信自己在不知不觉中做了那么多的工作，又收获了那么多。"飞飞这两年成长得很快，已经是年级组长了，开始挑重担了。"听着前辈的称赞，我知道是自己不惧困难、勇往直前的精神打动了大家。大家支持的力量像温柔的海水，一直稳稳托举着我，将我送到成功的彼岸。

"路漫漫其修远兮，吾将上下而求索。""基于实证的课堂设计和实践探索"项目最终在大家的共同努力下获得了专家组老师的大力夸赞，以优秀的成绩画上了句号。在此过程中有酸甜苦辣，也有欢声笑语，这些经历让我成长，也是我人生中难忘的财富。今后，我将更加深入地学习研究，在教学中求取、创新、反思、完善，力求在众多学生心中根植阅读的种子，让它生根、发芽，开出美丽的花朵。

基本情况

唐轶，第二期上海市民办中小学中青年优秀教师团队发展计划项目团队成员。现任上海市民办华育中学常务副校长，高级职称。在团队中主要承担课堂教学研究任务。曾荣获第十三届"四方杯"全国优秀语文教师选拔赛一等奖、2021年上海市优秀自制教具一等奖，获上海市教书育人优秀园丁，徐汇区园丁奖，徐汇区"光启名师"、学科带头人、骨干教师等称号。在《教育传播与技术》发表《卓越教师培养知识图谱的建构方式研究——以上海市徐汇区优秀教师高研班培养项目为例》，著有《青青园中葵——华育中学优秀随笔集》。

教育感言：寄情于语，寓美于文，融辩于教，拓思于学。

破茧·蝶变

—— "民优计划"：从个体突破到团队协作的成长之旅

上海市民办华育中学　唐　轶

时间太瘦，指缝太宽。回首参加第二期上海市民办中小学青年优秀教师团队发展计划项目的两年，于我而言是破茧蝶变的心路历程。过去的是一分一秒的时钟嘀嗒，过滤的是自己教育教学的无知与粗浅，而今留下的已然是一个截然不同的我——耳，能听到了团队中彼此的声音；眼，能看到教学更多的可能性；心，能感受到教育的温暖和力量。

在"民优计划"项目这个广阔的舞台上,"慧聚·共享·行远"是我们共同的理念。慧聚才智、共享成果、行以致远坚定了我致力于语文教育的信念。"初中立体化作文教学"是我们骄傲的名字。它见证着我们团队成员探讨教育理念、研究教学方法的美好时光。"寄情于语,寓美于文,融辨于教,拓思于学"是我沉淀出的教学风格。它指引着我用情感去唤醒学生发现世界的意识,用美好描绘浸润生命的底色,用审辨探寻感悟生活的真谛,用思想拓展人生的境界。"民优计划"不仅让我深耕个人的专业领域,更在团队建设与项目研究的双重驱动下,实现了自我与团队的同频共振,书写了属于我的教育创新与实践的辉煌篇章。

一、寄情于语,团队之力唤醒发现世界的意识

尼采曾言:"生命中必须要有所热爱,若无热情,生活便黯然失色。"我们的"初中立体化作文教学"项目团队是由一群热爱语文、热爱教育的优秀语文教师组成的朝气蓬勃的团队,是学校教育教学工作的中流砥柱,但平时教学教育工作繁杂,很少有机会静下心来进行深入的阅读和思考。这次我们正好以"民优计划"为契机,腾出更多的时间让我与团队成员共同沉浸在教育心理学与语文教学法的浩瀚海洋中,打破教育教学中固有的定向思维和局限,希望以团队之力唤醒发现世界的意识。

在参与"民优计划"项目短短两年的时间内,我带领团队成员阅读了《认知心理学:基础与前沿》《教育心理学导论》《中学德育课程与教师专业发展》等14本教育心理学著作,拓宽了学术视野;我组织团队成员订阅了《中国教育报》《语文建设》《语文学习》《中学语文教学》等10多种语文教育教学期刊,共同追踪教育领域的最新动态,确保教学理念与时俱进,探寻语文教学的艺术;我聚集团队成员通过定期的集体研读与讨论,研习了《于漪全集》第8卷、魏书生的《教学工作漫谈》、安奈特·布鲁肖的《改善学生课堂表现的50个方法》、余映潮的《语文教学设计技法80讲》、王荣生的《阅读教学设计的要诀》等10余本语文教学著作的精髓,使自我

思维与书中内容产生共鸣,成为一个善于反思的实践者。

正是在这样的团队氛围中,我志在将最优秀的课堂呈现给学生,传授最丰富的知识和最有效的方法,让他们在每堂语文课中感受情感的熏陶与知识的快乐,引导他们从感知情感的丰富到理解情感的深邃,成为具有独立思考能力的人。在教授《狼牙山五壮士》时,我们发现学生对"壮"字的理解仅限于教材中的描述,未能触及情感教育的核心。于是,我们团队思考如何让学生真切感受"最生动、最真实"的内涵,如何将语文教学与情感教育紧密相连。于是团队成员一起带领学生参观龙华烈士陵园,触摸碑文、行走在旧刑场和囚牢间,聆听"这盛世如你所愿"陈延年、陈乔年的故事。在苍松翠柏间,师生共同沉浸于英烈的伟大故事中,了解历史、致敬英雄、缅怀先烈。此时,语文教学已超越课堂,融入真实生活,与心灵产生共鸣。学生的思维逐渐开阔,他们意识到,狼牙山五壮士的视死如归、宁死不屈,正是中华民族的脊梁精神,才造就了今日的盛世太平。看着学生眼中闪烁的敬意,感受他们笔端流露的由衷敬仰,我们知道这堂语文课成功了。通过将生活的触动融入教学,不仅深化了学生对文本的理解,更让他们体会到在真实情境中探求真理的情感之美,这种体验超越了课堂的桎梏,激发了学生内心深处对人性、勇气和牺牲精神的共鸣。

白居易《与元九书》云:"感动人心者,莫先乎情。"相较于其他学科,语文更强调情感。我们愿与学生共赴美的国度,体会文本中奔腾澎湃的情感急流,体悟字里行间跃动的情感脉搏,这便是"情感教育",是语文教学的魂灵所在。

二、寓美于文,团队智慧共绘浸润生命的底色

随着"民优计划"项目的深入,团队展示和名校走访成为我心中最美的旋律。团队展示和名校走访让我和团队成员领略到了不同团队的独特风采,感受到了不同学校的教育魅力。这些经历不仅丰富了我和团队成员的教育视野,更为我们团队注入了创新灵感。从西南模范中学那里,我们学会了如何以名家名篇的教学研究引领教师专业化成长;在交华中学的交流中,我们领略到了指向学生语文核心

素养培养的教师队伍建设之美；从聆听文来中学优美动人的《醉翁亭记》公开课，到民办永昌学校来我校进行的"教师专业成长路径分享"交流研讨，我和团队成员发现语文世界的美无处不在——美文、美读、美思，交相辉映；美景、美意、美情，相互滋生。

这些宝贵的经验被我和团队成员巧妙地融入日常教学，使语文课堂成为美的源泉。在讲授《答谢中中书》时，为了突破学生感悟美的瓶颈，激发学生发现美的敏锐洞察力，我们巧妙设计了"小向导"活动，用"我从_____中看到_____之美，尤其是_____字用得好"的句式来造句，让语言之美成为心灵的共鸣，引领学生步入美的国度，去体会作者陶醉于山水的欢愉心情以及与古今知音共赏美景的惬意感受。在学生的精彩发言中，我们发现他们对美的感悟贴切而真实，有的学生抓住"入"字，见峭峰直入云霄，流水澄澈清明，感受山水相映之美；有的学生认为"交辉"一词用得精妙，远眺青山绿水，石壁五色斑斓，领略色彩搭配之美；还有的学生关注到"将歇""将颓"的描写，白雾缭绕、红日西沉，感受晨昏变化之美。此时，语言美已成为心灵的共鸣，跨越古今，仿佛与陶弘景一起站在秀丽的江南，领略大自然的神奇美好，纵情歌颂山川之美，"实欲界之仙都"，虽身未至，但心向往之。跨越时空，与学生共同探索、分享和传承这份语文之美，做美的传播者、传承者，在温润如玉的文字中，我们汲取精神滋养；在静默清寂的语句里，我们洗净心灵的尘埃；在恒久不变的情感中，我们感悟生命的真谛。

三、融辨于教，团队合作共探教育的真谛

在教育的征途上，我和团队成员深谙"站上讲台、站稳讲台、站好讲台"这句话的分量。这里的"好"不仅仅是将我们所掌握、所理解、所感受的知识传授给学生，更意味着为他们打开表达、思考和辨析自我的大门。感谢"民优计划"带来的一系列高端讲座，让我与团队成员有幸聆听了多位教育专家的真知灼见。如，上海市教育学会副会长苏忱老师的"教师专业成长与培养方法"，华师大周文叶老师的"素养导向的表现性评价"，上海市教师教育学院薛峰老师的"精读·略读·整本

书阅读",青浦教师进修学院朱连云老师的"项目式学习的意蕴和智慧实践"等,这些讲座激发了团队成员们教育本质的深入思考,促进了团队内部关于如何提升学生批判性思维能力的热烈讨论,也让我们开始思考如何为学生提供多维度的阅读内容,如何让学生在繁杂的文化冲突中学会思考、判断和选择,如何将学生的感性理解与理性思维相结合······

其间,我正好有幸代表团队参加第十三届"四方杯"全国优秀语文教师选拔大赛。如何在高手如林的语文教师中脱颖而出?如何将"民优计划"中的所学所思浸润到课堂中?如何体现我们团队的研究成果和智慧结晶?短短的一个月时间是否能挑战成功这项全国级的赛事?一系列问题既是我们团队面临的严峻挑战,又是检验我们团队实力的机遇,于是有了我们团队夜以继日的头脑风暴,有了我们团队深入的研讨和沟通,有了我们团队推倒重来再推倒再重来的厚厚卷张,最终我们选择《北冥有鱼》作为授课内容,引导学生思考:大鹏历经千辛万苦直图南冥,为何故事在瑰丽奇幻之际戛然而止?将故事讲述转化为具有思辨价值的探索话题,激发学生对鹏和野马、尘埃的大小之辩,天空色彩的是否之辩,鹏和人的高低之辩的思考,将特殊事物的探讨升华为普遍价值的思辨。当学生的思维被激活时,质疑、分析、推理、判断等活动交织呈现,一场思维的盛宴徐徐展开,思辨由质疑而生,由反思而归,循环往复,既引领学生探寻庄子哲学思想,培养语文思辨能力,更展示了团队合作在提升教学质量、激发创新思维方面的巨大潜力。不负所望,本次公开课荣获全国一等奖第一名的殊荣,这不仅是对我个人教学能力的肯定,更是对我们团队合作精神和集体智慧的高度认可。通过这次比赛,我们团队对如何将思辨教育融入日常教学有了更深的理解和实践,我们将继续携手前行,不断探索,致力于为学生创造更多元化、更具启发性的学习体验。在"民优计划"的引领下,我们相信,通过团队的力量能共同开辟出一条通往教育真谛的新路,让每一个学生都能在知识的海洋中自由翱翔,感悟生活的真谛。

四、拓思于学,团队共建拓展人生的境界

明代王夫之有云:"学非有碍于思,而学愈博则思愈远。"在"民优计划"的旗帜

下，我作为"初中立体化作文教学"写作拓展课程的负责人，与一群充满激情与创造力的教师共同编织了一场教育的盛宴。我们团队就像一支精锐的探险队，每个人都是不可或缺的，我们共同探索如何将阅读与写作的魔力注入学生的内心世界，拓展他们的人生境界。从"最美的颜色"到"尘世凡人"，再到"转型"的专题，每一个教学单元的设计都是团队智慧的结晶。它们紧密连接着时事与文学，引领学生踏上一场场思想与情感的奇妙之旅。

在"最美的颜色"专题中，我们团队集思广益，决定以华为孟晚舟女士回国的新闻为切入点，引导学生从中国红的爱国情怀到土地黄的故乡情结，思考自己心中最珍视的色彩。在团队成员的精心策划下，学生在温暖的灯光下，笔下流淌出一个个鲜活的故事，每一页都承载着他们对世界的独特感知，这份创意与热情，正是团队合作激发的结果。

而在"转型"单元，团队的创新精神再次闪耀。我们借鉴"东方甄选"的网络直播带货模式，让学生化身主播，模仿董宇辉的语言风格，尝试推销嘉兴黄桃、得宝餐巾纸等日常物品。这一创意不仅源自团队成员对市场趋势的敏锐捕捉，更是集体智慧的展现。学生的创意令人眼前一亮，如将黄桃的成熟期比作"美好需要等待"的哲理，将餐巾纸上升至"极简主义"的美学高度，甚至将"公牛"插座描绘成"用电量和速度点燃生活的火焰"。这些作品不仅展现了学生丰富的想象力，也反映了他们对生活细微之处的敏感洞察，而这背后的推手正是团队的不懈探索与创新。

更令人欣慰的是，写作渐渐成为学生生活中不可或缺的一部分，而这离不开团队的持续关注与悉心指导。有学生分享，当他仰望校园上空那轮明月时，脑海中浮现出余光中的诗句"月色和雪色中，你是第三种绝色"。当遭遇学习挫折时，马斯克的名言"宁可错误的乐观，也不要正确的悲观"如同一束光芒，驱散心中的阴霾。当被琐事缠绕，心情烦躁时，董宇辉的话语如同清风拂面，"当你背单词时，阿拉斯加的鳕鱼正跃出水面；当你算数学时，南太平洋的海鸥正掠过海岸……"文学，对于他们而言，已不再仅仅是书本上的文字，而是开启了一扇窗，让他们以全新的视角审视世界，体验生活的多姿多彩。这一切成就的背后是团队成员日复一日的辛勤耕耘与智慧贡献。

每当看到学生眼中闪烁的光芒，我深知，这正是身为语文教师最为珍贵、最为幸福的时刻——见证他们心灵的成长，陪伴他们一起探索无限广阔的人生境界。而这一切，离不开团队的力量。它如同一股温暖而强大的后盾，支持着我们在教育的道路上不断前行，共同书写属于我们和学生们的精彩篇章。

在这段由"民优计划"编织的教育旅程中，我有幸与一群志同道合的伙伴共同探索语文教学的无限可能。正如《诗经》中所描绘，"如切如磋，如琢如磨"。团队的成长正是一场精心雕琢的过程，每个人都在这个平台上，打磨出了独特的光彩。回望起点，我曾是孤独的探索者，但"民优计划"与团队的力量赋予了我温暖与希望，引领我从青涩走向成熟，让我学会了创新，学会了超越自我，学会了携手共进，成就了更好的自己。

如今，旅程虽近尾声，但团队的灯火永不熄灭。它是我心中的灯塔，照亮我未来的路。我愿与团队并肩作战，共同迎接新的挑战，共创教育的美好明天。

基本情况

张文俊，第二期上海市民办中小学中青年优秀教师团队发展计划项目团队成员。现任上海市民办新世纪中学学校发展中心主任，中级职称。在团队中主要承担创新活动的组织与策划任务。曾荣获2021年长宁区"园丁奖"。

教育感言： 教育的最终目的是使学生得到全面发展。

构建认知冲突，共赴成长之路

上海市民办新世纪中学　张文俊

建构主义是一种学习哲学，他解释了人们如何理解或学习。建构主义者相信，我们所知的很多事情都受到环境和以往经历的影响。从建构主义视角来看，概念的增长是多重观点共享的结果，通过回应他人的观点来完善自己的理解。

——《有效教学方法》

第一幕：危机出现——传统教学模式的挑战与困境

在信息技术日新月异的今天，科技创新大赛已成为中学生展示创新思维与科学素养的重要平台。我作为指导教师，目睹了一幕幕学生的挑战与成长。随着竞赛题目越来越多样化，指导教师不仅要具备扎实的学科知识，更需要具备前瞻性思维和敏锐的洞察力。但是,一直以来沿袭的传统教学模式在这样的大背景下显得力不从心。

在新世纪中学的多功能教室里,我们按照惯常的方式对学生的项目进行详尽的点评和建议。可面对我们精心准备的反馈,学生却显得情绪低落,信心大减。一些家长也开始对我们的教学方法表示担忧,认为这种一对一的传统指导方式可能在无形中抑制了学生的创造力和自信心。

在一次紧张且充满低语的团队会议中,指导老师纷纷表达了自己的观点。每位教师都感受到了改变的迫切性——我们急需一种新的教学策略,一种能真正激发学生潜力、提升创新能力的方法。于是,团队中的每一个人都开始积极思考如何引导这些充满潜力的年轻人。

在一次中期评估指导的活动中,小Z同学的话引起了广泛共鸣。"老师,周日的中期评估我可以请假吗?每次想到要上台就感到非常紧张。这两天,我每晚都要在镜子前模拟演讲,都睡不好。"我的苦笑粉碎了学生投来的希望眼神……

此时此刻,我深知,我们不仅需要改变教学内容,更需要从根本上改变我们与学生互动的方式。我们必须寻找一种新的方法,让学生在接受挑战和压力的同时,也能感受到学习的乐趣和成就感。

第二幕:突破尝试——实施创新对策与教学改革

科技创新大赛的筹备阶段本应是充满活力和创意的,然而我们指导团队却面临着前所未有的挑战。尽管我们曾自豪地带领才华横溢的青年团队屡创佳绩,但如今传统一对一的指导方式却引发了学生普遍的不安和对自我价值的质疑。学生在面对我们"权威"的评价时,往往感到被动和挫败,家长的反馈也反映出这种教学方式的种种弊端——学生在接受批评后信心大幅下降。

在一次由学校组织的教育研讨会上,一位资深教师提到了埃里克森的"心理动力学"理论。这一理论的介绍在我脑海中燃起了思想的火花。它指出,学生在评价中构建自我认识,我们的权威评价可能无形中压制了他们的个性和创造力。

这种观点让我深受触动，决心必须从根本上改变我们的教学模式，以促进学生的自我认知和积极参与。

我立刻与团队成员进行了深入讨论，并提出了一项革命性的提议：让学生互为评审，每位参与者既是自己项目的发表者也是他人项目的批评者。我们期望这种全新的多对多答辩模式能激发学生之间的正向竞争和相互学习。

经过团队的热烈讨论和筹划，我们决定在下一场大赛中实施这一新模式。正当我们为这一决策感到兴奋之时，小Z的故事给了我们更多的启示。周末的中期评估即将到来，我立刻通知学生在周五增加一次指导，并对内容的改变进行了小提示。当晚，我就收到了小Z的微信，她声称自己"冒着生命危险"向母亲借到手机，然后详细询问了第二天的模拟答辩细节。当我告诉她答辩将是组内进行时，她显然松了一口气。

次日的答辩进行得出乎意料的顺利。虽然我本以为学生可能会有磕磕绊绊，但他们似乎都准备充分。小Z甚至在答辩环节中以其尖锐的问题让同组的学生无言以对，她的惯用语是："你能不能有点常识？"虽然我半开玩笑地让她的攻击性不要这么强，尤其是在中评现场，但是她的认真道歉让我意识到了更深层的问题。她没有简单地说"对不起"，而是说："不好意思，我又这样了……"

事后我和小Z单独交谈了几句，我希望她能明白，科技项目只是她初中生涯中的一部分，它的成败并不等于她的人生。这番交谈后，我意识到小Z的问题可能与她家庭环境有关。当晚我和小Z的妈妈聊了很久，了解到这个孩子的父母都是中产知识分子，他们的教育方式主要是充满理性的劝导。小Z的母亲尤为强势，对于自身的各类决策均十分坚定。这样的家庭氛围使得平时性格温和的小Z一旦进入到答辩状态，就会变得异常具有"攻击性"。

中期评估当天，我在场外焦虑地等待着，担心小Z"当场怒怼专家没有学科常识"的场景。出乎意料的是，小Z和另一个同学首批完成了评估，一起走出来，她高兴地告诉我，她在台上没有怼专家，还说组内的讨论给她的帮助很大。因为她和另一个同学想出了一个"好办法"——正巧同组的两位好姐妹决定互换身份，彼此介绍对方的课题。因为课题不是自己做的,她们就不那么紧张了,甚至顺利地通过了评估。当然,由于课题不是自己做的,面对专家的提问,她们回答不上来也很正常。面对这种"操作",我震惊之余本应该生气,因为这样的话中期评估的分数肯定很低,然而我却很高兴,因为这意味着她们在寻找解决问题的新方法。

第三幕:成长与反思——从实践中学习与团队合作的力量

在中期评估之后,我找到了小Z,用温和但坚定的语气对她说:"孩子,生活中将会有更多让你感到紧张的挑战,你无法总是通过改变立场来逃避问题。但今天,你显示出了一种重要的自我认识——你和你的课题是分离的,你的价值不由单个项目的成败来定义。"我鼓励她,希望她以后能找到更稳健的方法来面对和克服这些挑战。

小Z的中期评估成绩位于班级倒数第二,她却意外地显得很开心,她的"好姐妹"成绩是最低的,但这似乎并没有影响她们之间的友谊。看到她这种乐观的态度,我告诉她,学校计划在学期末举办一场大规模的结题答辩,会有至少三个班级的学生和十名以上的老师,包括校长参加,两个年级的学生将在线上观看。听到这个消息,小Z的笑容逐渐消失,被一种严肃的表情所取代,而我内心的笑容却悄悄升起,因为我知道这将是她成长的又一大步。

大型答辩当天,整个礼堂弥漫着紧张而期待的气氛。学生忙着最后的准备,互相提问,反复练习自己的发言,确保能自如地应对即将到来的挑战。小Z在其中显得尤为突出,她的每次回答都透露出深思熟虑和充分的准备。

在小Z走上主席台的那一刻,我想起了她前一天分享的关于假期的小故事。她那向来计划严谨的母亲突然提出了一个临时的旅行计划,尽管因为交通堵塞而大幅缩短了行程,但这次经历却意外地让她的母亲放下了往日的固执,向家人表达了歉意。小Z告诉我,她母亲在那一夜变得异常放松,而母亲的这种转变也深深影响了小Z。

在答辩中,小Z不仅准确地展示了自己的技术成果,更重要的是,她展现了卓越的批判思维和自我反思的能力。从头到尾，她都保持着谦逊和礼貌的态度，无论是回答专家的提问还是与同学的互动，她都显得格外成熟和自信。

这场答辩不仅是对小Z技术能力的检验，更是对她个人成长的肯定。她在这个平台上的表现不仅赢得了师生的广泛赞誉，也标志着她从一个依赖成绩来定义自我价值的学生，转变为一个能从每次经历中提取价值，不断自我提升的成熟个体。

在答辩结束后，我们举办了一个小型的庆祝活动，小Z的母亲也特意到场。她走到我面前，感激地说："谢谢您，不仅教会了我的女儿知识，更教会了她如何成长。"这句话深深触动了我，我知道这不仅是小Z的成功，也是我们教育方法的成功——一种鼓励学生通过自我发现和相互支持共同成长的方法。

终幕：冲突的转化——以建构主义视角重塑科创教育

答辩活动圆满结束，小Z卓越的终评表现使她顺利进入了最终评审阶段。为了让她更好地适应，我们特意将她的展板布置在了主席台旁，让全校同学在大课间活动时都能参观并向她提出问题。站在展板前，小Z耐心地向每位参观者解释自己的研究项目。如果放在以前，她可能已经不耐烦地反驳了提出尖锐问题的同学。但现在，她以一种成熟和从容的态度接受每一次挑战，这让所有观察到的人都刮目相看。

在后续的总结交流会上，我重点分享了小Z的成长故事。我们讨论了在科创教育中创设"冲突场景"的重要性。如果没有这些挑战，小Z可能永远只是那个脾气好、表现平平的大队长。正是这些冲突场景揭示了她的真实烦恼，让我们这些教师能更深入地理解和引导她的成长。模拟答辩的实践不仅在她的个例中显现其价值，也在整个答辩的准备过程中展示出显著的教育效果。

这次变革的意义远不止于此。从小Z认识到自身的问题，到她尝试通过各种方式解决问题，再到从她母亲那里获得"不完美也可"的认可，每一步都不是孤立发生的。这是一个关于如何在支持和挑战中成长的故事，不仅仅是对她，也是对我们这些教师的深刻启示。

新的答辩模式所引发的认知冲突根植于建构主义的教育哲学。这种冲突的方式、态度乃至语气都深深植入了学生的个人历史和经历中。这种教育场景的特殊性在于,它不仅仅是一个学术上的辩论,而且是一场在教师的观察和引导下进行的平和而深刻的冲突。这种模式不仅有助于学生在知识上的成长,更重要的是在情感和社会技能上的发展。

我们认识到,这种冲突的教育场景具有广泛的推广价值。在各类科创教育活动中,教师甚至可以通过精心设计的冲突场景,引导学生主动探索和解决问题,从而促进学生的全面发展。作为教育者,我们需要更加耐心和细致地发现这些冲突背后的教育机会,帮助每一个学生找到属于他们自己的成长路径。

通过小Z的故事,我们见证了一种教育革新的力量,这种力量让科创教育真正成为学生个人成长和自我发现的第一线。在这里,每个冲突都不再是阻碍,而是通向自我超越的桥梁。

基本情况

丁慧娥，第三期上海市民办中小学中青年优秀教师团队发展计划项目团队成员。上海民办南模中学高二年级组组长，区级学科本体性知识研究小组（互联网与物联网）成员。设区级讲座并开设多节校级公开课，立项参与区级课题"基于学生价值认同的单元主题班会设计与实施"。

教育感言： *有爱、有理、有据、有节。*

我的成长之旅

上海民办南模中学　丁慧娥

在新的教育形势下，教师面临着更为严格的要求和挑战。随着社会的不断发展和变革，教育者的角色和责任也日益凸显。作为教育者，我们必须不断适应时代的变化，更新教育理念和方法，以更高的标准要求自己，更加全面地培养学生的能力。

刚参与"青年教师专业发展的实践研究"项目时，我满怀对教育事业的热情。在项目初期，我分享了自己的教育教学理念，但被质疑过于理想化。这让我意识到：教育不仅要创新，还要切实关注实际需求。

这段成长之旅让我深刻体会到教育的意义。每一次成长都是积累，每一次进步都是突破,我将为了学生的成长和发展而不断努力。

一、参与项目:种子的播撒

刚开始参与项目时,我在班级尝试了一次新的活动式主题班会,鼓励学生通过工作坊的形式相互交流讨论,共同解决班级管理问题。然而,这次尝试并不顺利。在课堂上,我发现部分学生在活动中的参与度不高,有些学生在讨论过程中难以表达自己的观点。那天放学后,我感到有些沮丧,心中充满了疑惑和自我怀疑。回到办公室,看到桌上堆积的教案和资料,我决心要找到解决办法。"郑老师,我在小组活动中遇到了一些困难,学生的参与度不高,效果不理想,该怎么办?"项目组的郑老师微笑着回答:"不要着急,活动教学方法需要时间去适应。试着在活动中设立明确的角色和任务,给每个学生明确的职责。"听了郑老师的话,我豁然开朗,教学任务需要老师再做细致一些,让学生有事可做。几周后,我再次尝试。这次,我在活动中设立了组长、记录员、发言人等角色,明确了每个学生的任务和职责。班会气氛变得活跃起来,学生积极参与讨论,互相帮助,课堂上充满了欢声笑语。我看到了那些原本不太参与班级建设的学生也开始主动沟通,绞尽脑汁解决班级存在的问题,建立和完善班级公约。那一刻,我感到无比欣慰和自豪。

在解决问题的过程中,我发现原本困难的问题在其他优秀教师的帮助和自己的不断尝试中逐一被解决了,这激发了我对教育事业的热情和信心,使我更加迫切地想要深入探索教育的本质和意义。看到学生越来越积极地参加班会活动,在每次班会活动中得到成长,我切实体会到了自己在教育事业中的责任和使命。

此外,项目为我提供了一个与其他优秀教育者交流的平台。学习研讨、交流经验帮助我这样的年轻教师快速度过了职初期。记得有位老师介绍了她在班级管理中的方法——"去看见每一位学生"。我将这句话牢牢地记在心中,不断尝试在自己的班级中学以致用,我对班级管理有了更深的认识。

二、学习平台:成长的沃土

通过项目的参与,我逐渐形成了自己的教育理念和教学风格。一方面关注学生的个性化发展,努力为学生提供适合他们的学习方法和支持;另一方面在教育科研上也不断探索。在一次课题研究中,我选择了"如何利用物联网技术提高学生的学习兴趣"作为研究主题。我通过调查问卷和资料梳理收集了大量的数据。依据数据分析发现,智能化的教室环境能营造更加舒适的学习氛围,交互式的学习工具可以增加学生的学习兴趣,虚拟的实验环境能增强学生的学习体验,联网的课外活动能促进学生知识面的拓展。我深知"纸上得来终觉浅"的道理,因此,在实际应用中,我尝试将自己的感悟融入教育教学活动。

在课堂教学中,我不断丰富各种课堂活动。例如,使用闯关游戏让学生学习SQL 语言,使用 Kahoot 平台让学生乐于进行课堂检测,设计项目实践让学生了解硬件的原理,希望通过游戏和互动来激发学生的学习兴趣。然而,活动进行得并不顺利。一些学生对新颖的教学方式感到困惑,课堂秩序一度混乱。这也让我意识到,课堂仅有创意是不够的,教学方法需要贴合学生的实际情况。

一天,我和学生小吴在课后聊起了课堂活动。小吴同学说道:"老师,我觉得物联网技术很有趣,可以让实验室里的东西联动起来,但是有些地方不太明白,所以有点跟不上。"他的反馈让我意识到,学生的信息技术能力和我的预期并不相符,在教学过程中需要添加更多的引导和解释。

在学科组老师的帮助下,我逐渐调整了教学方法。在下一次课堂上,我在活动前加入了详细的示范和讲解,并在活动过程中给予学生更多的指导和支持。这次调整取得了很好的效果,学生不仅理解了活动的内容,还积极参与其中,课堂气氛逐渐变得活跃。

在我的教学活动开展得越来越顺利时,项目组的优秀教师又帮助我开拓了新的视野。在项目的一次研讨会上,一位老师提到她通过班级博客与家长保持沟通,分享学生的学习情况和进步。我深受启发,意识到家长也是教学过程中不可缺少的一环,我决定尝试用这样的方式,为家长更深入地参与到学生学习成长中搭建桥梁。我组织学生建立班级的微信公众号,由学生自己编辑并发布内容。通过公众号,家长可以及时了解孩子在学校的生活和学习动态,每当学生更新了班级的公众号,不少家长便纷纷转发,班级与家长建立了更加紧密的联系。这不仅锻炼了学生的组织和合作能力,也得到了家长的支持和反馈。每当看到公众号的文章被家长转发,我都感到非常欣慰。通过这样的方式,家长不仅更多地参与到了学生的成长中,也增强了他们对学校教育的信任,更让我对自己的教育方式有了更多的信心。

这点点滴滴的进步和感悟,不禁让我重新思考教育的意义和目标。我意识到,教育的本质在于发现和培养每个学生的独特潜能。这个项目不仅是一个学习的平台,更是一片成长的沃土。在这里,我感受到了知识的力量和成就的喜悦。我深知自己的成长离不开这个平台的支持和帮助,我将不断前行,不断成长,在教育事业的田野里不断深耕。

三、开设讲座:做知识的传递者

在项目团队老师的帮助下,我有幸成为区级"学科本体性知识研究小组"的一员。我们的研究主题是"探秘物联",这为我提供了千载难逢的机会,可以让我深入研究这一领域。

通过这次机会,我意识到可以通过讲座将自己对物联网的理解与观点传递给更多的人,同时也可以促进自己对知识的深入理解和思考。因此,我积极筹备,结合信息技术学科素养的要求开设讲座,旨在向老师分享物联网的基本概念、发展现状以及未来趋势,同时促进教师间的交流与学习。

在准备讲座的过程中,我不仅深入研究了物联网相关的理论知识,还结合自己的实际教学经验设计了生动有趣的讲座内容。我运用了有趣的答题平台,让听众自测对于讲座内容的接受程度。我利用多媒体技术,通过图文并茂、生动形象的方式向听众展示了物联网在各个领域的应用场景和发展前景,不断延伸讲座的深度与广度,使讲座内容更加丰富多彩。

记得在讲座准备期间,我一边查阅资料,一边反复练习讲解,有时还会站在镜子前模拟现场讲解。我的同事费老师看到后,关切地问道:"你准备得这么细致,累不累？要不要帮忙?"我笑着回答:"虽然有点累,但能通过讲座传递知识,帮助大家理解物联网,这让我觉得很有成就感。"

在正式讲座中,我不仅是一个知识的传递者,更是一个倾听者和引导者。我与听众进行互动交流,解答他们关于物联网的疑问,引导他们思考物联网对我们日常生活和工作的影响,激发了他们的学习兴趣和求知欲。讲座结束后,几位老师一起热烈地讨论物联网,展望物联网的未来发展,探讨物联网在教育教学工作中的应用。在思想和理念的交流碰撞中,我才突然意识到原来除了班级里的学生,自己竟也能为这么多优秀的老师带来新想法、新知识。

通过这次讲座,我不仅向他人传递了知识,也在交流中提升了专业素养,增强了自信心和表达能力。我意识到教学不仅是知识的传授,更是思想的碰撞。同时,通过与听众的互动,我也发现了自己在物联网知识上的不足之处,这将激励我在今后的教学和研究中继续努力,不断学习和进步。在这段成长之旅中,我感受到了教育的力量和意义。每一次讲座都是一次成长的机会,每一次交流都是一次学习的过程,也明白了教育的本质在于不断探索和创新,不断挑战自我,追求卓越。

四、知行合一:教学的实践

在开设讲座的同时,我也将所学的理论知识融入到了自己的教学实践中。我将"探秘物联"的内容有机地融入课堂教学,结合物联网的基本概念和应用场景,设计了一系列生动有趣的教学活动和案例分析。我利用多媒体技术和实例展示,向学生展示物联网在生活、工作和社会中的广泛应用,引导他们思考物联网对我们未来生活的影响,并让学生针对情境进行物联网的设计绘画。参与这些活动时,学生不是在机械地接受和背诵知识,而是在实践中探索和体验,从而更好地理解和应用所学知识。

在教学过程中,我注重培养学生的创新思维和实践能力。我鼓励学生提出问题、进行讨论,并带领他们进行小组合作和实验。通过这些实践活动,学生逐渐掌握了物联网的基本原理和应用方法,他们的综合素养和创新能力得到了提升。有一次,我们在课堂上讨论物联网在智能家居中的应用,学生表现出了极大的兴趣和好奇心。"老师,物联网技术是不是可以用在我们的教室里,比如自动调节灯光和空调?"一个学生兴奋地问道。我微笑着回答:"是的,这就是物联网技术的魅力所在。它可以让我们的生活变得更加便捷和智能化。"学生的积极参与和深入思考让我感到非常欣慰。我看到他们在课堂上不仅学到了知识,还培养了探究精神和创新思维。

通过将理论知识与教学实践相结合,我不仅更好地理解和应用了所学知识,也为学生提供了一次全新的学习体验。在一次课后反馈中,学生表示,这样的课程让他们学到了很多实际应用的知识,更加激发了他们的学习兴趣和热情。"老师,谢谢你让我们了解到物联网的世界,我现在对科技有了更大的兴趣!"一个学生在课堂结束后对我说。这句话让我感到无比的满足和自豪。教育的意义在于激发学生的潜能,培养他们的创新能力和实践精神。我将继续坚持知行合一的教育理念,不断探索和实践,帮助学生更好地成长和发展。

在未来的道路上,我将继续保持对教育事业的热爱和追求。我相信,只要坚持不懈,就一定能创造出更加美好的明天。

五、成长不止,拥抱未来

在此次项目中,我不仅获得了教育教学专业知识和技能的提升,也收获了成就感和满足感。每次看到学生在课堂上认真聆听、积极参与,我都由衷地感到喜悦。这种喜悦不仅来自所付出的努力得到了回报,更源于拥有了为学生的学习提供帮助和指导的机会,让我体会到了教育事业的美好与价值。

这段成长之旅我将永远铭记在心,它不仅是我个人成长的见证,更是我教育事业中的一笔宝贵财富。感谢项目提供的平台,感谢老师的培养和指导,感谢学科组的支持和鼓励,感谢团队的默契配合。持续学习和不断进步是教育工作者的责任和使命,因此,我将以这段经历为指引,继续努力探索教育的更高境界,为学生的成长和发展贡献自己的力量。

基本情况

薛秀君，第四期上海市民办中小学中青年优秀教师团队发展计划项目团队项目领衔人。现任上海市民办宏星小学党支部副书记，虹口区小学数学学科带头人。曾参与第二期"空中课堂"录制工作，执教二年级第一学期第一单元5课时。荣获教育部"一师一优课、一课一名师"部级优课、虹口区中小幼课堂教学评比小学数学一等奖、第四届虹口区教育系统青年教师爱岗敬业教学技能竞赛二等奖、上海市跨学科主题学习案例的特等奖。

教育感言：用生命影响生命，以心灵润泽心灵。

周烨，第四期上海市民办中小学中青年优秀教师团队发展计划项目团队成员。现任上海市民办宏星小学数学教师。在团队中主要承担开发微课程任务以及收集、整理、分享项目相关资料等辅助任务。曾荣获虹口区教学比武一等奖、上海市第四届学习素养学科项目化学习评比三等奖。

教育感言：勇敢面对挑战，你将发现自己潜力无穷。

借团队之力　赴成长之约

——我的团队故事

上海市民办宏星小学　薛秀君　周　烨

作为一名资历尚浅的新手教师,我有幸成为学校骨干教师薛秀君领衔的上海市民办中青年项目"基于设计思维培养的数学学科项目化学习研究"的一员。在跟随团队前进的路上,我最大的收获在于教育理念的革新,成功实现了从"课堂主角"到"辅助引导"的理念转变。这一转变得益于团队科学的研修模式的制定,对我个人的精准定位和科学规划。在面临困境时,我体验到的不是"独木孤单难成行",而是"舟载你我共筹谋"。下面就和大家分享我的团队故事。

一、初识设计思维,共研理论基石

加入团队前,我是一个刚进入学校两年的新人,平时思考最多的就是怎么把自己执教班级的数学教好,照顾好自己的"一亩三分地"。

一天午休,薛老师找到我说:"我们有一个上海市民办中青年项目'基于设计思维培养的数学学科项目化学习研究',想邀请你一起参加。"听到消息,我内心有一瞬间激动:能参加这样重量级的项目,团队里又都是骨干教师,这样的学习机会实属难得。但激动过后更多的是犹豫:项目化学习一直是学校重点研究项目,这两年我也尝试过,但由于经验和能力不足,都是蜻蜓点水式的浅尝辄止,这样郑重其事地开展课题研究,我行不行? 会不会拖大家的后腿? 薛老师像是看出了我的担忧,鼓励道:"来吧,不想当将军的士兵不是好士兵,课题研究能帮助教师更好地成长和蜕变,有团队的力量,我们并肩而行,团结互助。"这句话顿时让我精神一振,瞬间有了信心和底气:"好的,我参加!"

答应得很爽快,但到底能不能做好,我心里没有底。很快我和我的团队就遇到了第一个棘手的问题:什么是设计思维?

"设计思维"这一新颖且充满潜力的理念对于团队中的每位教师来说都是一个相对陌生的概念。我们深知,想在项目中取得突破应先确保团队教师对申报课题的内涵有深入的理解和精准的解读。

于是,团队安排了"理论学习期"来提升团队教师对设计思维的理解和应用能力。薛老师收集汇总了各类学习资料,梳理形成项目组的理论自培资料。同时,团队每月邀请专家导师来为教师讲解设计思维的核心原理和实践案例。在短短一个月的"理论学习期"里,我们每天都会在微信群里分享各自的学习感受,提出学习过程中的疑惑,教师会基于自己的理解帮助答疑。每个人都在为共同的目标而努力,相互支持、相互鼓励。

随着理论知识的不断丰富,我的教育理念也在潜移默化中不断更新,我逐渐明晰了设计思维对培养学生问题解决能力和创新素养的重要作用,对课题内涵的理解也更深刻了。这一过程中我也见识了项目领衔人薛老师带领团队时雷厉风行的做事风格和高效务实的工作安排。在她的影响下,我的工作越来越有条理,工作效率也不断提升,我越来越勇于尝试,也越来越自信了。

二、尝试项目开发,转变教学观念

理论与实践二者相依相存,互为补充,共同构建出全面而深入的知识体系。有了理论的武装,我很快就跟随团队的步伐,尝试找准切入点,和大家一起投入到项目开发中去。

经过两周的努力,我的项目方案初稿成型。但当我在组内交流项目方案时,项目组伙伴和专家对方案提出了质疑。项目化学习注重联通真实世界,创设知识与技能之间的联系,并在情境中加以应用与迁移。但我开发的项目还是以教师为主导,与其说是一个项目化学习方案,不如说是给一节数学课套了一个项目的外壳,学生的自主性、主体性、独立性都没有体现。

细细品味教师给我指出的意见,确实一针见血,但也让我又一次迷茫了:方案的切入点很重要,不是什么知识点都能运用项目化的学习方式,更何况还要融入设计思维的培养。正当我对着教材目录发愁时,薛老师及时给我提出了整改建议:"与其'硬编'一个方案,不如让它在学校原有课程的基础上'长'出来。学校的校本学材《生活数学》一直强调生活性和实践性,但缺乏深度和广度,你可以试试从这里找到切入点,将'活动探究'升级为'项目式学习',这既能让你的项目更贴近学生生活,也是对原有校本课程的升级和迭代,在传承中不断创新,这何尝不是一种设计思维呢!"一席话令我豁然开朗:是啊,我从来都不是孤军奋战,我背后有整个学校的支持,如果自己没有好主意,何不从其他教师的成果中淘淘金呢?

于是我找出那套"失宠"的《生活数学》开始仔细研读起来,顿时如获至宝。结合研究课题,我选择了其中的一个项目——"制作运动打卡历",尝试将其内容进一步改造,升级迭代为"智"造创意打卡历。

让我欣喜的是,这个项目立即激发了学生的兴趣,学生主动学习的精神让我深受感动。在设计创意万年历时需要学生思考如何进行有效的组合搭配,过程中涉及许多拓展性的知识。比如,一个学生想设计一个大转盘万年历,但还未学过有关角度与圆的知识,怎样将圆盘按月份等分成 12 格成了他的"拦路虎"。于是我录制微视频作为拓展资料,以学习支架的形式提供给小组自学。他们经历了多次设计、试验、修改、再设计的循环过程,最终在小组成员的共同努力下,攻克了难关,成功地将圆进行了 12 等分,呈现出了精彩的作品。

这个项目给我最大的收获是,我的教学观念发生了转变。在项目化学习中,学生应当是主角,是学习的主体。作为教师,我不再是传统的指导者,而是要在学生遇到难题时给予适洽的帮助,做好引导与辅助的工作。看到学生前所未有的学习主动性,我更加坚信学生的潜力是无穷的。我也真正体会到,自己不再是机械地扮演教学大纲和教材执行者的角色,而是应成为一名新课程的设计者,一个具备现代观念和教育素养的、能促进学生全面发展的教师。

团队也为我的成长提供了宝贵平台。在上海市义务教育项目化学习三年行动计划的市级展示中,我有幸执教了此项目的出项课,与学生一起展示了我们的项目成果,得到了与会专家的一致好评。项目完成后,我还与另外两位教师合作撰写项目案例,参加了上海市义务教育项目化学习三年行动计划案例征集,并荣获上海市三等奖。这些经历对我来说都是宝贵的突破,在团队的支持下,每位教师都可以找到明确的规划和目标,项目的研究过程促进了我的个人发展,让我一步步找到了更优秀的自己。

三、实现课堂转型,形成个人风格

为了让"培养设计思维"这一理念真正根植于宏星的数学课堂,团队领衔人薛老师萌生了更大胆的想法:是否可以将设计思维融入日常课堂教学中,使之成为学生日常学习的一部分呢?

这样大胆又"接地气"的想法立刻得到了团队教师的支持,伙伴们又围坐在一起,开始了头脑风暴。选择怎样的内容作为切入点?课堂实施与原来的课堂教学会有什么不同?怎样设计课堂学习支架?……一系列的问题不断冒出。经过多次组内研讨,我们最终确定了"数学学科工具的设计"和"数学中的方案设计"两个主题。

有了初步的设想,我也投入到了我的微项目开发中。经过对教材的深度解读和思考比较,我选择了"用计算器计算"一课来迈出我的第一步。"用计算器计算"是三年级的一个独立单元,但老师对于"这个单元到底要教什么"感到迷茫和困惑。随着时代的发展,计算器在生活中已经非常普及了,用计算器进行简单的四则运算对于多数学生没有任何困难。经过反复思考,我把设计计算流程作为这节课的切入点,为了让各环节层层递进,我精心设计了例题。但试教的情况很不理想,整节课的起点对于三年级学生来说难度太大。课堂活动中,学生沉浸在用计算器计算的"快乐"里,课堂成了"计算器优点分享会",最后甚至有同学小声议论:"以后在家做练习我也偷偷用计算器。"这样的结果完全背离了教材的出发点。课后薛老师看出了我的沮丧和不安,在评课时不断地鼓励我,肯定了我的大胆创新和对每个例题设计的用心，同时也指出了每个环节的不足之处，更手把手指导我怎样调整和修改，也让我感受到了她深厚的专业素养、先进的教学理念和严谨的思维。她问我：知不知道最简易的计算器是什么样的？为什么计算器的功能会越来越强大？——基于实际应用中的需求。计算器从只能计算简单的加、减、乘、除一步计算，到能计算从左往右的同级运算，再到设计出"累加""累减"键来进行不同级运算，甚至更多功能，都是基于实际应用的需要。她的指点让我醍醐灌顶、豁然开朗。是啊，设计思维不也正是从用户需求出发，将天马行空的想象变成现实吗？于是我开始了第二轮教案的撰写，整节课围绕"如果你是计算器的设计师，你会设计一个怎样的功能来简化按键流程"这一核心问题展开。学生在小组讨论中发挥天马行空的想象力，畅所欲言，大胆想象。整节课得到了团队教师的一致好评，设计新颖大胆，充分激发了学生的创新思维。但薛老师在评课时，却一改第一次对我的"宽容"，一针见血地提出了问题：整节课教师只顾跟着教案走，没有及时捕捉学生的现场生成来"做文章"，学生还是被教师"牵着走"；学习单的设计缺乏对学生的指导性；媒体制作缺乏规范性……这样的评价给正在"得意"的我浇了一盆冷水。当天下班后，薛老师把我留了下来，又一次出乎我的意料：薛老师拿出她手机里我这节课的录课视频，原来细心的她竟然帮我用手机录了课。对着视频，她边看边指导我怎样的处理方式更好。其实这些问题并不是我单单在这节课上的问题，而是日常教学中长期存在的，磨课并不只是为了让我某一节课上得更好，更重要的是通过对一堂课的打磨，逐渐辐射到我的日常教学，改变我的教学习惯，全面提升我的教学能力。回去之后，我又仔细研究了视频中自己存在的种种问题，重新细化了教案中的语言，并认真根据课上学生的反应，做了更充分的预设，让我能应对课堂上的各种情况。在第三次试教后，我忐忑地看着她，她欣慰地对我笑了笑，说了句："上得真好！"

这次微项目的成功实施让我深刻认识到，只要切入点得当，日常课堂同样可以成为培养学生设计思维的重要场所。这种学习方式不仅能真正激发学生的学习的主动性，还能培养他们的创新思维和解决问题的能力。我也感受到，新课程的开发不是简单地对着教材闭门造车,而是需要深入结合核心知识与生活实际,经历反复调整—实践—反思—迭代,以精益求精的态度去不断努力才能逐渐完成。这不正是设计思维的实践和应用吗?

在团队的不断实践中,我的课堂教学也越来越自然和松弛,逐渐形成了自己独特的教学风格,以质朴扎实、严谨细密的教学特点实现了课堂的转型。

后来,这节课被评为组内优质课,在集团内进行展示和推广。在家长会上,我也向家长展示了这堂课,并获得了他们的一致好评。这让我更加坚定了将设计思维融入日常教学的信念,也让我更加自信地面对未来的教学挑战。在未来的工作中,我会继续探索和实践,将设计思维更好地融入日常课堂,为学生提供更加丰富、更有意义的学习体验。同时,我也期待在这个过程中不断完善自己的教学风格,实现更高的教学水平和更好的教学效果。

经过这两年在项目组中的锤炼,我深刻体会到团队协作的重要性。正如古语所云:"众人拾柴火焰高。"项目组的每一项成果都是各位教师共同努力、辛勤付出的结晶。尽管在项目的实施过程中我们遇到了许多挑战和困难,但团队成员之间的互助与支持让我感受到了团队的温暖和力量。我也将继续在自己的教学之路上借团队之力,赴成长之约。

基本情况

周秀丽,第二期上海市民办中小学中青年优秀教师团队发展计划项目团队领衔人。现任上海市骏博外国语学校英语教研组长,高级职称。在团队中主要承担评价体系总体架构设计、团队成员管理和资源协调等任务。曾荣获"闵行区骨干教师""区三八红旗手"称号。在市核心期刊《现代教育》杂志发表文章《文化理解实现学生跨文化素养提升》,在国家级杂志《教学管理与教育研究》发表论文《英语学科中西融合的教学策略研究》。

教育感言: 做鼓舞和唤醒灵魂的教育者,让教育成为一段温暖而愉悦的旅程。

"铿锵玫瑰"的成长与蜕变

上海市骏博外国语学校 周秀丽

上海市骏博外国语学校有一支充满活力与智慧的"铿锵玫瑰"团队。这支由11名外语教师组成的队伍,有8名英语教师和3名小语种教师。半数成员教龄虽不满五年,却凭借扎实的学术功底与不懈的探索精神,在教育教学领域迅速崭露头角,成为推动学校外语教育发展的重要力量。

2021年10月,在上海市民办中小学中青年优秀教师团队发展计划项目的指引下，我们团队有幸入选并开启了一项富有挑战性的项目——"基于核心素养下的外语学科学生评价体系构建"。这一项目旨在通过构建科学、系统的外语学科学生评价体系，促进学生核心素养的全面发展，推动教师教育教学理念的转变和团队建设的深化。

随着项目的启动，我们团队踏上了探索与变革的征程。从应试教育的迷雾中觉醒，我们开始了向核心素养教育的深刻转变。以下是我们的故事，一段关于智慧、协作与成长的旅程。

上篇：从应试迷思到核心素养的觉醒

团队的教师曾像众多教育者一样，面临着传统应试教育与核心素养培养之间的困惑与冲突，陷入过分追求分数的误区，忽视了学生全面发展的重要性。教师仿佛置身于应试教育的迷雾之中，岳老师的课堂便是这片迷雾中的一个小小缩影。

清晨的阳光透过窗户斑驳地洒在岳老师的讲台上。教室里，学生端坐着，目光紧随着岳老师手中的粉笔，在黑板上跳跃的每一个字母都似乎承载着他们对分数的渴望。岳老师的声音清晰而有力，她正逐字逐句地解析着语法规则，每一个例句都精心挑选，旨在让学生在考试中少失一分。然而，空气中弥漫着一股难以言喻的沉闷，学生的眼神中偶尔闪过一丝疲惫与迷茫。

这是我们两周一次的教学研讨课，我和组里的老师坐在教室的后面，默默观察着这一幕。我心中不禁泛起涟漪，应试教育下的课堂真的能培养出我们期待的未来栋梁吗？应试教育如同一座无形的牢笼，束缚了学生的想象力与创造力。我深知，改变势在必行，而这场变革的起点，便是我们团队的自我觉醒。

我决定组织一次特别的团队讨论会，让每名教师都能直面自己的教学困境，共同探索核心素养培养的新路径。

夜幕下的会议室，灯光显得格外温暖而坚定。岳老师与其他团队成员围坐一圈，气氛紧张，大家充满期待。我也请来了团队的两位顾问一起参与讨论并给予指导。作为主持人，我首先肯定了岳老师上课的认真和严谨，随后抛出了问题："大家在教学过程中是否过于沉迷分数而忽视了学生更广阔的成长空间？"这句话像一颗石子投入平静的湖面，激起了层层涟漪。

岳老师率先发言，她的声音中带着一丝自我反思："我曾以为，只要学生考得好，就是成功的教学。但现在我发现，我错了。他们的眼睛里失去了光芒，对知识的渴望被题海所淹没。"

年轻的龙教师接过话茬："我也发现我的课堂太过于沉闷，学生不大愿意举手，很多时候学生对讲题不感兴趣。我们需要的不仅是分数，更是能独立思考、勇于创新的人才，而不是只会考试的机器！"她的话像一把钥匙，打开了大家心中的枷锁。一旁的刘老师更是激动地站起身，手中的笔在空中画出一道弧线："我们不能仅仅满足于分数，更要关注学生的内心世界，培养他们的兴趣和创造力！"这句话如同一股清流，瞬间激活了会议室的氛围。

讨论逐渐深入，大家纷纷分享自己的困惑与迷思，一直以来陪伴我们团队的两位专家也认真倾听并尝试解答我们的问题，他们和我们分享了自己接触到的一些案例和前沿的理念，我们达成共识：教育应当回归本质，注重培养学生的核心素养，包括批判性思维、创新能力、文化素养等。"育人"才是课堂教学最重要的价值所在，大家都要朝这个方向去努力。

接下来的日子里，我们的教研也在悄悄发生改变。我们不再拘泥于讨论教学环节和练习设计，而是更注重对教学语篇文本的主题意义的解读，更注重如何基于"学习活动观"设计有意义的课堂活动，更注重对挖掘语篇的育人价值方面的探讨。老师的教学也不拘一格，各展才能。陈老师说她尝试将英文诗歌融入课堂，发现学生在朗诵中不仅提升了语感，还激发了对文学的兴趣。顾老师则分享了她在课堂上引入时事讨论的经验："通过让学生用英语讨论社会热点，我发现他们的思维变得更加开阔，也学会了从不同视角审视问题。"大家在教研中不断切磋提升课堂活力的有效方法，互相学习，逐步走出应试教育的迷雾。

几个月后，我们再次踏入岳老师的课堂，眼前的景象焕然一新。学生不再只是被动地接受知识,而是主动地参与讨论,他们的脸上洋溢着自信与快乐。岳老师站在一旁,时而引导,时而鼓励,她的教学不再局限于课本,而是将生活、文化与英语学习紧密结合。

那天,学生正在进行一场激烈的英语辩论赛,主题是"学生是否有必要穿校服"。岳老师穿梭于各小组之间,时而倾听,时而提出问题,引导学生从多个角度思考问题。辩论现场,学生用英语大胆地表达自己的观点,在唇枪舌剑中展现思维的碰撞,享受英语课堂带来的快乐。

我坐在教室的一角,心中满是欣慰。这场变革,不仅仅是岳老师一个人的成长,更是整个团队共同努力的结果。我们用自己的行动证明:只要勇于探索,敢于创新,就能走出应试教育的迷思,迈向核心素养培养的新时代。

正是这些觉醒与思考,为我们后续构建基于核心素养的外语学科学生评价体系奠定了坚实的基础。上篇的故事,是我们团队在迷雾中觉醒的历程;而下篇,则展现了我们如何在觉醒之后,扬帆起航,将理念转化为具体行动的精彩篇章。

下篇:从觉醒启航到评价体系的构建

一、觉醒:迷雾中的启航

还记得那个金秋送爽的十月,我们团队的每名教师心中都怀揣着一份激动与忐忑,在学校报告厅进行开题汇报,面对着专家的殷切目光,心中不免有些迷茫。因为我们的课题还如同一座待建的桥梁,横跨在未知与探索之间。

"过程性评价体系需有理论支撑""思维与语言技能应综合考查"……专家的每一条建议都如同明灯,照亮了我们前行的道路,也让我们意识到任务的艰巨。那一刻,我深知,这不仅是一次科研的探索,更是我们团队成长与蜕变的契机。

二、磨砺:波折中的坚持

随着项目的推进,我们一头扎进了文献的海洋,研读义务教育课程标准和《普通高中英语课程标准(2017 年版 2020 年修订)》,试图在字里行间寻找构建评价体系的灵感。然而,第一套评价指标体系的出炉,却并未如我们预想的那样顺利。繁杂的操作流程、主观的评分标准,不仅让老师疲于奔命,更让数据的收集变得毫无意义。

那段时间疫情的反反复复让我们的研究变得异常困难。那是一个寒假的夜晚,团队成员各自坐在电脑前进行视频会议,屏幕的光映照着每个人紧锁的眉头。我深知,此刻的挫败感正考验着我们的意志。幸运的是我们邀请到了课题专家何永红博士来为我们作指导。她的这次线上讲座如同一缕春风,吹散了我们心中的迷雾。她的话语掷地有声:"评价不是为了排名,而是为了促进成长。"这句话,成了我们团队共同的信念。

三、蜕变:智慧与协作的火花

带着新的理念,我们再次起航。2022 年 4 月教育部颁布的义务教育课程标准为我们指明了方向。这一次,我们以核心素养为基石,重新构建了评价体系。从语言能力到思维品质,从文化意识到学习能力,每一个维度指标的制定都凝聚了团队的心血与智慧。在这个过程中我们学会了倾听,学会了协作,学会了在挫折中寻找希望。

我们利用腾讯会议进行无数次线上讨论,每一次思想的碰撞都点燃新的火花。团队里贾梦真老师的提议更是让我们眼前一亮——利用"班级优化大师"软件进行课堂表现评价。这个创意不仅解决了我们自己开发的系统尚未完成的燃眉之急,更为我们的评价体系增添了新的活力。

四、成长:桥梁的落成与展望

随着第二套评价体系的逐步完善,我们的团队也在悄然间发生了蜕变。我们不仅学会了用更加科学的眼光看待问题,用更加理性的态度面对挑战,还共同编写了《学生过程性评价指南》和《教师过程性评价指导手册》,这两本手册已在全校范围内推广使用,其科学性与实用性获得了师生的一致好评。实施这一评价体系后,班级的教学氛围和学生学习状态均发生了积极变化,学生的平均分数和满意度均有显著提升,学习积极性和综合素质也得到了明显增强。我们也通过"班级优化大师"采集的评价数据和自主开发的数据分析平台建立连接,借助线上平台的数据分析,老师可以清晰地了解学生个体及班级整体在四个素养方面不同维度的表现情况。这可以帮助教师评估学生的素养发展,并针对性地制订教学计划和调整教学方法。

在此基础上,团队老师纷纷结合自身教学特色设置了小课题研究方向,并撰写了多篇教科研论文。其中,部分论文已在区级平台发表并获奖,更有论文在全国外国语学校论文评比中脱颖而出。此外,我们还积极参与了与华师大外语教育学院的课题合作项目《基于ELP平台的以读促写研究》,以及与学校信息组合作的课题《基于中学生学科核心素养的评价数据采集与分析研究》,该项目荣获闵行区第二十三届教育科学研究成果三等奖。

同时,团队老师还分组参与了学校的大课题项目,如《全球胜任力培养目标下中学跨文化能力培养的校本课程开发研究与实践》和《融合课程内容与语言内涵的中学外语跨学科知识教学模式的实践研究》等。这些项目的实施不仅丰富了学校的课程体系,也为我们团队提供了更广阔的研究平台和实践机会。通过教育科研的深入开展,我们的团队建设取得了显著成效,团队成员的专业素养和研究能力得到了全面提升。

这就是我们的故事,一段关于智慧、协作与成长的旅程。如今,回望来时路,我们深感自豪。我们不仅构建了一座连接学生成长与教师发展的桥梁,更在这个过程中收获了宝贵的经验,见证了团队的成长与蜕变。未来,我们将继续保持初心,携手在这条充满挑战与希望的道路上,不断探索,不断前行。

基本情况

　　周莉，第二期上海市民办中小学中青年优秀教师团队发展计划项目团队成员。现任上海嘉定区世外学校科研师训负责人，高级职称。在团队中主要承担生涯教育课程框架构建与实施和教师培训等任务。曾荣获上海市心理健康教育科研成果一等奖、上海市心理健康教育先进个人称号。在《现代教学》期刊上发表《成就学生更好的未来——依托"全员心育导师制"开展生涯教育的实践探索》等文章。

　　教育感言：一个人走得快，一群人走得远，一群有共同教育梦想的人在一起会走得更远。

携手共进，成就教育梦想

上海嘉定区世外学校　周　莉

一、急于求成，遭遇挫折

　　2021年，我们学校的龙头项目"基于全员心育导师制的家校协同生涯教育的实践研究"成功立项为第二期"民优计划"项目，这一消息如春风拂面，为我和团队的其他成员带来了无限的期待和活力。在高兴的同时，我也感受到了压力。

　　作为一名有一定经验的中青年教师，尽管我早已熟悉一般课题研究的参与和主持，但"民优计划"的参与却是全新的体验。在实践中，我逐渐意识到"民优计划"与传统课题研究存在显著差异，后者侧重于完成研究项目，前者更强调提升团队成员的综合素养，培养一批优秀的民办教师。

作为龙头项目的核心成员，我如何在两年时间里，既保证项目按期完成，同时又使自己在职称、学历、职务等方面取得显著进步，进而成为一名优秀的中青年教师呢？这是摆在我面前的一个严峻挑战。

随着项目的开展，我越来越清晰地认识到，要想让这些目标一一实现是不可能的，我得进行取舍。就拿学历来说，我已经有了双学士、双硕士的学位，但是我要想进一步获得一个博士学位，在短短两年的时间里，显然无法做到。而且我还得让自己的职称从中级变成高级，这本来就是一道难关。在巨大的压力下，我反复衡量和思考。最终我决定先把职称提升上来。但怎么能提升自己的职称呢？我的内心又慢慢焦灼了起来……

根据心理教师的高级评审要求，我快速梳理了近几年的工作资料，立马报名参加了评审。没想到评审未能通过。这个噩耗犹如晴天霹雳，让工作一直比较顺遂的我，几乎一蹶不振。

在巨大的心理落差下，我痛定思痛，反复思考自己失败的原因：一是科研成果的数量和高度还有待提升；二是职称考试时，我竟然出现了强烈的考试焦虑，手抖得不行，从小到大，第一次出现这样的状况。这说明我压根就没有好好复习相关的专业内容，抱着侥幸的心理参加了考试，才导致自己底气不足，自然不可能获得高分。这样一想，急于提升职称的自己，竟然处处都存在漏洞。

学历提升不上去，职称评审也没通过，我该怎么办呢？难道我只能做一个"差生"了？

二、痛定思痛，提升自我

在难过、萎靡了一段时间后，我打算重新振作起来，我还有教育梦想，不能因为这小小的挫折就举步不前了。"从哪里跌倒就从哪里爬起来"，想起老校长曾对我说过的话,我振作精神,不断激励自己勇敢前行。

(一) 夯得"实",强化专业理论打基础

"打铁还需自身硬"的道理很简单,但怎么做呢? 此时的我一片茫然。幸运的是,市教委民办处和教师教育学院的领导们早有准备。在项目启动会上,时丽娟副主任告诉大家,原来他们早就为团队领衔人和成员精心安排了很多有益于教师发展的课程和培训,以此提升教师的软实力。而且,每每有新课程出来,我们的团队领衔人朱萍校长就会及时把消息发送到项目群里,供大家及时进行学习。市教师教育学院的研究员袁文俊老师也会一遍一遍不厌其烦地提醒大家,我们还有哪些学习任务没有及时完成,需要抓紧补课。

为快速提升自己的各项能力,除了完成市教委规定的培训任务以外,在项目实施的两年时间里,我还参加了市心理基地、嘉定区名师工程、区科研骨干培训班等培训,切实提升自己的心育、生涯教育、家庭教育指导能力和科研能力。除了参加各级各类的相关培训以外,我还给自己制订了更为具体、容易实现的一些小目标。例如,每个月阅读一本专业书籍,每个学期开设一节心理或拓展学科的公开课、比赛课,每半年发表一篇论文,每年申报一个项目相关的子课题等,通过这些小目标不断激励自己,向前迈进。

(二) 做得"真",基于现状分析真研究

做好项目的关键就是基于"真问题",开展"真研究"。但是如何针对"真问题"开展"真研究"呢? 我心里是一点底都没有。为了缓解内心的焦虑,我阅读了大量的文献,和领衔人朱萍校长共同撰写了课题的情报综述,没想到这篇情报综述竟然获得了 2022 年市情报综述三等奖。首战告捷,我找到了一丝丝的信心,但这还不够。作为团队成员中唯一的心理老师,我感到压力山大。

就在迷茫和彷徨的时候,生涯教育专家沈之菲教授给我指出了一条明路。"你要基于学校的生涯教育现状进行调查,才能找到真问题,进行真研究!"根据沈教授的建议,我尝试使用描述性统计和推论统计分析学校生涯教育的总体概况、存在的问题,以及不同子群体在生涯教育上是否存在显著差异。在团队专家杨彦

平、张艳辉教授的指导和郑海林、张民乐两位团队成员的帮助下，我一遍遍地修改面向学生、家长和教师的生涯教育的调查问卷，通过自编问卷了解学校的生涯教育现状和学生、家长、教师的生涯教育需求。调查发现：随着年级增长，学生对"生涯"的认知逐渐加强，小学生家长在做职业选择时，更愿意尊重孩子的意愿，而且绝大部分家长认为孩子需要生涯教育，并且自己非常愿意参加学校组织的生涯教育讲座。教师对指导学生的职业生涯规划承担者的认知也较为合理并且有非常明确的生涯教育的培训需求。

根据这个调查结果，我进行了深入的分析和思考，找到了学校生涯教育工作的实际需求。如，学生家长整体文化素养较高，非常想对孩子进行职业规划，但缺乏具体的职业生涯规划认知和手段。学校在进行生涯教育时要充分挖掘学生的兴趣爱好，锻炼学生的自我调控能力，引导学生将自己的兴趣爱好和职业生涯相结合。课程设计时需要多考虑技能培养和思想教育，并结合时代背景补充当代所需要的必备能力。教师也非常需要生涯教育方面的专业培训和指导，希望参与的培训主要集中在"生涯发展理论知识""生涯规划课程的设计与实施"等。这份调查报告清晰指明了项目今后的研究方向。倍感幸运的是，我撰写的这篇调查报告《小初一体化生涯教育调查研究》发表在了《上海师资培训》2023 年第 7 期上。

（三）站得"稳"，携手团队力量共前进

一个人可以走得很快，一群人却可以走得更远。项目伊始，我们便组建了"悦心行远"工作室，期望通过团队协作来共同完成研究任务。然而，在推进过程中，我们遭遇了诸多挑战与困境。例如，部分学生及家长虽曾听闻生涯教育，但对其内涵缺乏深入了解，需要我们对此加以宣传引导，可想而知，家长对学校开展生涯教育的支持力度显然是不够的。

在 2023 年 6 月的"慧聚·共享·行远"市级展示活动中，中小学各选出了一名学生代表、两位家长代表，与我们三位团队成员代表一同参与"生有涯，行无涯"微论坛，作为主持人，我听到了邬爱玲同学这样的深情表述："我相信，这颗由师长

在学生时代与我一起种下的人生最初的种子,会在不远的将来生根发芽,开出名为梦想的、绚丽无比的花。"我内心受到了强烈的震撼,随之而来的,则是深深的感动。

学生和家长代表对心育导师的信任,对生涯教育的认可和支持,使我们深刻体会到:通过举办讲座、实施"梦田计划"等活动,我们在提升学生和家长对生涯教育的认知与参与程度的同时,也使他们实质性地受益了。此外,心育导师的专业能力在培训与实践中亦取得了显著的提升和发展。

(四)挖得"深",借助科研师训同进步

鉴于项目团队成员为我校核心管理人员,除关注团队成员个人成长外,我们更着重于全校教师的发展。然而,嘉定世外是一所非常年轻的学校,项目启动时仅建校四年,教师平均年龄仅 32 岁。身为学校科研师训工作负责人,我又该如何推动青年教师迅速成长,提升其专业素养及教学能力呢?

针对项目实施需求,经过深思熟虑和充分研讨,我们精心设计并开发了 TAP 教师幸福力课程。该课程旨在唤醒教师的人生价值与幸福追求,深入探讨如何助力教师成为合格的心育导师,进而分年级、分学段实施小初一体化生涯教育。在此过程中,我们引导教师更加深入地了解自己、学生以及家长,促使家校形成协同的教育关系,共同致力于实现生涯教育目标。

在全体成员的全力以赴和持续努力下,我校在项目实施过程中取得了显著成果。学校教师共同编写了《"悦心行远"心育案例集》《"悦心行远"2023 年生涯教育主题班会教案集》和《"悦心行远"2023 年小故事 & 论文集》,为我校心育工作积累了宝贵经验。结项考核中,项目成果得到了蒋东标院长和卓老师等专家的"优秀"评价。蒋东标院长对项目团队中个体的发展给予了高度评价,认为在"呵护"—"赋能"—"积淀"—"创新"—"孵化"—"成长"这个过程中,整体团队展现了很高的专业素养。卓老师则以四个"新"字概括了参与结项的感悟,即项目"选题'新'、任务'新'、目标'新'、家校协同教育'新'"。同时,"团队成员的黏性,一个都不少"也让专家付老师感到欣慰、惊讶和感动。

三、脚踏实地，静待花开

人的发展不是一蹴而就的，尤其是成为一名好教师，更需要如宝石一般不断被打磨，才能绽放光彩。我们的项目领衔人朱萍校长是一名非常严于律己的教师，所以她对教师的要求也比较严格，甚至是力臻完美的。

犹记得我刚刚接手科研师训工作时，常常以完成任务为目标，想要草草完成了事，朱校长总是不厌其烦，一遍又一遍地带着我修改方案。当我急迫地想要快点完成上级任务的时候，她总是一遍遍地叮嘱我："不要着急，慢慢来！"

起初，我还常常不服气，"校长，我不是急性子，我觉得我还挺慢的！"后来，我慢慢发现，我真的是有点着急，着急的是什么呢？着急的是我处理事情的态度，总想着快点完成，却没想过要保质保量；总想着快点做完就好，却没想过我的急躁冒进，可能会引起同事的反感。

当慢慢感受到校长的善意时，我也对自己的"小心眼"有了一丝愧疚，不过校长完全不把我的"小心眼"放在心上，因为在她看来每个人都会犯错，我们要宽容地对待每一名老师，每一个学生。受到她的影响，虽然有的时候同事偶尔会因为师训任务繁重对我发两句牢骚，我也是转瞬即忘。校长宽容地对待我，我也得宽容地对待每一位同事才行。

随着与校长的沟通日益增多，我也越来越深刻地感受到校长要求我"慢"一些，其实是希望我更沉着、冷静地思考方法和策略，从而能更好地解决问题，而不仅仅是"慢"而已。慢慢地，我从反感于反复修改一份方案或一篇论文，到主动愿意去一稿二稿三稿精益求精地打磨它。朱萍校长的带领给我指引了一条新的道路，让我有幸能遇见更好的自己。

作为项目核心成员的我，经过两年的努力，逐渐感受到了自己的成长和变化。我的教学水平得到了提升，负责的科研师训工作也有了质的飞跃，更重要的是，我在这个过程中收获了无尽的快乐和成就感。2022年，我荣获上海市心理健康教育科研成果一等奖，被评为嘉定区科研先进个人；2023年，我被聘为嘉定区兼职科研员、初中拓展学科中心组成员、嘉定区心理骨干教师。

此时,我的心理高级教师的职称评审自然也水到渠成了!

四、结语

我深知自己的成长离不开团队的支持和帮助。在伴随项目推进的过程中,我犹如破茧成蝶,逐渐完成了"质"的蜕变。回首过去,我万分庆幸自己能参与到"民优计划"项目中来。这个项目不仅让我结识了一群志同道合的朋友,更让我在教育科研的道路上迈出了坚实的步伐。每一次研讨、每一次实践,都让我收获满满,也让我更加坚定了自己的教育信念。

教育是一条充满挑战与机遇的道路,但我相信只要我们心怀梦想、坚定信念、勇往直前,就一定能创造出更加美好的未来。让我们一起携手共进,为梦想插上翅膀,让教育之花在嘉定世外这片热土上绽放更加绚丽的光彩!

基本情况

许琼，第二期上海市民办中小学中青年优秀教师团队发展计划项目团队成员。现任上海市民办阳浦小学学生发展部主任。在团队中侧重于进行古诗"剧场式学习"表演方式的研究和实践。曾指导学生荣获杨浦区"班班有书声"比赛一等奖、杨浦区情景剧比赛一等奖、上海市红色经典情景剧比赛一等奖。参与《我在剧场学古诗——小学古诗专题学习》和《小学古诗"剧场式学习"研究》的编写，参与区级课题"小学古诗文'剧场式'学习的策略研究"，申报课题"以优秀古诗文，涵养学生良好行为规范的实践研究"获得第四届"萌芽计划"市级课题立项。

教育感言： 引导学生构建一个属于他们自己的诗意世界。

蝶　变

上海市民办阳浦小学　许　琼

> 成长，是对自己最长情的告白，
> 竹石无畏艰难，立根破岩，
> 雪梅不知霜寒，枝头傲然，
> 我们向阳而生，哪怕风雨兼程。

课堂中，我们陪伴学生探索，

剧场里，我们见证互动精彩。

岁月如歌，我们携手同行，

怀揣热爱，我们共体共生。

蝶变，这是给予自己的礼物，

阳光下，愿我们的成长，一路生花。

年逾不惑的我从事小学语文教学工作二十余载，积累了一定的实践经验。但我深知，自己的业务能力仅仅停留在感性的经验积累的层面，也疏于把获得的经验形成教育教学理念。要进一步提高教育教学质量，实现教育创新，获取最佳的教学效益，仅凭经验是远远不够的，进行教育科研势在必行。虽然对于自身的薄弱之处了然于胸，但对课题研究的无所适从，似乎成了我专业发展道路上一道不可逾越的鸿沟。

第二期民办中小学中青年优秀教师团队发展计划团队的成功申报，对我来说是一个很好的契机。源于对古诗文教学共同的热爱及对专业发展的需求，我和其他七名语文教师成为由高级教师杨亚男老师领衔的"依托古诗文学习的策略研究，促进教师专业发展"项目组的成员。为期两年多的实践研究中，多种形式的深度学习提高了我们古诗文学习的理论素养及专业能力；指向小学生素养培育的古诗文"剧场式学习"资源包的开发与形成，不仅为学生自主学习提供有效的资源，更提高了教师多维度制定学习目标的能力；古诗文"剧场式学习"策略的研究，使我们在交流、分享、思维碰撞中更新了古诗文教育教学观念，改进了教育教学行为。这种团队研修的形式发挥每一名教师的优势，鼓励教师之间形成相互学习、优势互补的共同体，教育教学研究对于我们这些普通的一线教师似乎不再那么"高不可攀"了。

团队协作，同体共生

伴随着项目组的成立，我和小伙伴们有幸拥有了两位导师——国培专家、正高级教师王白云老师和上海开放大学人文学院教授、家庭教育研究中心主任杨敏老师。能得到两位导师的指导心中自然欢喜，但更多的是忐忑不安：不知两位导师是如何的严格？对于我们这些"科研小白"又是怎样的不屑？不承想，两位导师出乎意料地平易近人，从理论学习的引领、研究框架的构建，到"古诗文资源包"的修改，再到课堂实践和论文撰写的指导……她们一路陪伴着我们的成长。我们无不为两位导师广博的学识、严谨的研究精神和谦谦如玉的人格魅力所深深折服。

"高山仰止，景行行止。虽不能至，然心向往之。"项目研究之初，在两位导师的启发下，我们认识到传统的小学古诗教学方法单一，令学生学习古诗的兴趣不高；教师对古诗教学的核心步骤和教学策略把握不准，使学生对学过的古诗印象不深、理解肤浅。于是我们将研究的主题聚焦在如何以古诗"剧场式"学习这一"以学为中心"的学习方式改变传统的古诗课堂教学模式上，借助古诗文教学领域的相关研究将新理念、新方法运用到课堂实践中，同时通过项目来满足自身的专业化发展。

学习是促进教师成长的重要途径，教师的精神成长，需要高品位阅读的滋养；教师的专业发展，需要经典专著的引领。一本本古诗文专著的阅读、一次次阅读分享会，使我们在阅读中不断成长，在分享交流中不断碰撞出智慧的火花，从而达成专业素养的提升。各项专题培训、"名校走访"活动等多形式的学习使我们拓宽了视野，共同提高了自身的古诗内涵和教学水平，也提升了团队的沟通和协作能力。我也从古诗文中源源不断地汲取着精神力量："长风破浪会有时，直挂云帆济沧海"坚定了我从事课题研究的决心；"莫听穿林打叶声，何妨吟啸且徐行"给予了我面对挑战的勇气；"行到水穷处，坐看云起时"教会了我顺应自然的豁达……

我和小伙伴们合作完成了古诗文"资源包"设计，"资源包"的建设为学生自主学习提供有效的资源，也提高了他们多维度制定学习目标的能力。但形成"资源包"的过程是很艰辛的:在两位导师的亲自修改、指导下,团队小伙伴一次又一次共同探讨、打磨下,我们终于合作完成"资源包"设计,共同编写并出版《我在剧场学古诗》一书。在这个艰难过程中,我们自身的业务能力——确定探究的主题和形式的能力;围绕学习目标和探究主题,集结资源的能力;对应教学设计,实施学习活动的能力;评价学生学习成效和教师教学设计、教学行动成效的能力等都得到了多维度的提升。个体和团队相结合的研修方式令我们相互合作、协同发展。不同层级教师,在教育教学实践中以问题意识观照自我,以教育"匠心"要求自我,以反思改进淬炼自我。

彼此成就,破茧成蝶

在团队中,我侧重于进行古诗"剧场式学习"表演方式的研究和实践。在表演过程中,教师主要扮演"导师"的角色——一边了解学生互动交流的情况为接下去的全班交流做准备,一边对学生的疑问进行引导、提出建议。起初,这样的学习模式让已有二十多年语文教学经验的我都感到压力重重,因为这一环节对于教师有着颠覆性的考验——面临更多的"不确定"。于是我把更多的精力放在课前对教材及学生学情的研究和分析上,不断夯实内功,我相信只有提升专业素养才能从容走上课堂。

古诗的情境表演是最受学生喜爱的表演形式。在课堂实践中我指导学生以小组合作的形式,根据各自的兴趣爱好和特长,或参与剧本的策划、编写、修改,或当小演员,或进行服装、布景、音乐设计和道具制作。在古诗《出塞》的情境表演时,学生在我的引导下大胆创新表演形式,穿越到唐朝的边关,与古人展开对话:

【放学回家的路上】

学生1:我认为"龙城飞将"指的就是骁勇善战的李广。

学生2:据我的了解,历史上可称为飞将军的不只是李广。事实上,李广并没有到过龙城,打下龙城的是卫青,所以我觉得这里的"龙城飞将"应该是卫青。

学生3:"但使龙城飞将在"这一句诗历来争议很大,大概只有王昌龄自己才知道"龙城飞将"指的是谁吧!

【学生1写着作业,不一会儿便趴在写字台前睡着了,醒来发现自己穿越到了唐朝的边关,一人正吟诵着《出塞》】

学生1:你是——王昌龄吗?

王昌龄:正是在下,请问你是?

学生1:我是从2023年穿越到这里的一名小学生,我想请教先生您诗中的"龙城飞将"指的到底是李广还是卫青?

王昌龄:(捋了捋胡子,慢条斯理地)你看,这冷月照着边关的景象从秦汉时期一直延续至今,征战万里、守边御敌的将士战死沙场,不能归来。倘若还有像飞将军那样英勇善战的将领在,绝不会允许外敌南下越过阴山,犯我国土,人民就能过上安定的生活了。

学生1:我懂了,"龙城飞将"不只是一个人,他可以既指李广,又指卫青,也可以指霍去病,以及所有英勇善战、保家卫国的英雄。

学生在文本理解中改编故事,在真实情境中体验生活,在合作交流中创新发展。这不仅改变了传统的"师讲生听"教学方式,活跃了沉闷的课堂气氛,还变革了学习方式:在具体的情境中学习语言、运用语言、把握主旨、体悟情感,主动参与整个学习过程。在惊喜于学生的表演之余,我意识到这种"不确定"又何尝不是一种教学契机呢? 充满未知的课堂才是拥有无限生机的课堂,才是智慧的课堂。课堂不确定性的不断生成更是赋予我们的一种挑战和机遇,使我们更能有效地在行动中不断更新教学理念,优化教学行为。

通过对古诗"剧场式学习"的实践与相关教学理论的分析与研究,我们发现将表演模式引入小学古诗"剧场式学习"中,有助于提高小学古诗教学的质量和学生学习古诗的效率。通过古诗表演,学生不满足于文本意思的理解层面,而是在精神上与古人进行交流,感受古诗的鲜活生命,甚至追慕古人的优秀品质,力求用表演将这些经典演绎得更加完美。从剧本创作、角色分配、整体布局、细节推敲到道具、服装、背景、音效的安排,学生成了课堂主体,将语言能力及品质在真实的语言运用情境中表现出来,古诗"剧场式学习"这一"以学为中心"的学习方式正在改变传统的古诗课堂教学模式。

在项目研究的过程中,集体的智慧不断转化为我们个人的学术支撑,使每个人在专业上、在科研意识及课题研究的执行力上都得到了发展。2023 年 9 月,我在市级展示活动中,进行"古诗大单元教学之友情绵长主题(第三课时 表演评价)"的公开课展示,达到了良好的交流效果;将自己的研究成果撰写成论文《小学古诗"剧场式学习"表演方式的探究》;领衔课题"以优秀古诗文,涵养学生良好行为规范的实践研究"获得市级"萌芽杯"课题立项,参与区级课题"小学古诗文'剧场式'学习策略的研究""小学古诗文教与学视阈下师生共同体构建的实践研究"。

在项目中浸润,在过程中体验,在收获中成长。项目推进的两年里,我们勇于面对课程实施过程中的新问题和新挑战,紧紧围绕课程标准实施和教材使用过程中的突出问题,立足学情,因地制宜,以研究的态度解决问题。如今的我和团队的小伙伴们正走在从"经验型"教师向"研究型"教师转变的路上。

曾经有人把教育科研比作塑料花,认为只是装饰好看但不香;也有人把教育科研当作敲门砖,认为是评定职称的工具。而对于我们项目团队的小伙伴们来说,教育科研是不断融入的新鲜血液,促使我们不断更新、整合教学内容;教育科研是长流不息的源头活水,让我们以研究者的身份创造性地进行课堂教学实践,最大限度地挖掘学生的智慧潜能;教育科研也是我们职称晋升的敲门之砖,参与研究提升了我们的自我反思意识和能力,改进了教育教学行为和理念,形成了独特的教学风格。历来,人们都把教师当作一种职业,像红烛一样燃烧自己、照亮别人;身处新时代的我们更应成为永远璀璨的恒星,以教育科研照亮自己和学生的成长之路。

基本情况

张翠强，第二期上海市民办中小学中青年优秀教师团队发展计划项目团队成员。现任上海市民办新世纪中学数学教师，一级教师职称。在团队中担任教育教学、教育科研等方面的任务。曾在长宁区教育学会教育论文评选中获三等奖，在长宁区"温暖的教学"教育科研主题征文活动中获三等奖。在《长宁教育》期刊上发表论文《基于数学学科核心素养的变式教学初探》。辅导学生在市级和区级科创类比赛中获得奖项。

教育感言： *学高为师，德高为范。*

项目驱动　教学相长

上海市民办新世纪中学　张翠强

回望2021年，我们学校申报了上海市民办中小学中青年优秀教师团队发展计划项目（第二期），往事依然历历在目，仿佛发生在昨天一般。曾经我对于职业发展很迷茫，加入这个项目后，我是又开心又担心，开心的是终于有个平台、有个团队为了一个目标而努力，担心的是我能不能胜任这份工作。但我还是怀着忐忑的心情和满腔的热情加入了这个团队。进入团队的两年时间说长不长，说短不短，中间有过犹豫和疲惫，甚至产生过放弃的念头，但更多的是团队成员之间的安慰和陪伴,这两年的经历真的是我人生路上一笔宝贵的财富。

一、教学实践的成长

2015年9月我加入民办新世纪中学,开始了真正的教学生涯。六年来,我年复一年地研究数学书本,每次课前认真备课,课后大部分时间在批改作业和订正作业,平时的生活也是在教研和批改作业中度过的。

2021年加入"民优计划"项目后,恰逢"双减",为了让学生从繁重的校外培训中解脱出来,学校决定丰富学生的课余生活,根据学生的兴趣爱好,开设了各类创新拓展课程。学校尤其重视科技创新类的活动,我作为科创团队成员,首次尝试了数学以外的拓展课的教学,第一次尝试的是电子纺织手环的课程。

第一次准备上拓展课时,什么是电子手环?怎么上拓展课?……一连串的问题困扰着我,找不到突破口,我真的有点想放弃了,还好有团队成员的鼓励和支撑,我也勤于学习和充实自我,从网上找了很多类似的课程进行学习,学校也引进了一些专家老师一起钻研,最后制订了课程的整个目标和计划。正式上课时,每个学生都很兴奋,但他们看到手上的这些材料也是无从下手。然后我们经过学习原理,渗透数学、物理和纺织知识,孩子们也开始跃跃欲试,最终每个小组作业呈现出来的时候,每个孩子脸上都洋溢着灿烂的微笑。

这个课程的教学,培养了学生的动手能力、沟通能力、团队合作能力,激发了学生的学习兴趣,培养了学生的创新能力、思考能力和解决问题的能力。大数据时代,教学不光是学生从教师身上学到知识,我也能从学生那里汲取营养,在教学中相互受益,实现教学相长。

印象比较深的还有一次数学公开课的经历,当时正好讲到全等三角形,怎么把课讲得有新意,怎么把数学的核心素养落实到课堂中,这些都是要思考的问题,我最终决定利用几何画板来进行教学,通过动态化的图像来帮助学生理解这些几何模型。尝试的过程中也遇到了很多的问题,上课的电脑因为没有鼠标,使用起来非常不方便,但我相信方法总比困难多,尝试了各种各样的方法,最终借助了希沃白板的一些功能,才把这个问题解决。

从第一次尝试新模式公开课时挫败的泪水,到越来越多同行和学生的认可,这个过程是痛并快乐着。总之,我的专业知识和教学能力提高了一个层次。

二、科研能力的成长

起初,我对科创和辅导课题完全没概念,我也是团队里唯一一个没辅导过学生做课题的,所以我不是很自信。就这样便开始了尝试辅导学生和自己的科研之路。

记得在第一次辅导苏同学参加上海市科技创新大赛时,由于学生受知识面和经验的限制,选题时可能缺乏一定的筛选判断能力,我要帮助学生进行筛选,但我自己也没有做过课题,这让我感觉到自己作为一线教师科研能力的缺乏。为了尽快弥补这方面的匮乏,我开始了如饥似渴的学习,阅读了大量的书籍和文献,参加各种学术讲座,努力拓展自己的知识面。我开始了辅导学生科研之路,也对自己的研究有了更清晰的认识。选好课题后学生就有了创新发明的方向,后面需要我耐心帮助指导学生动手去实践操作了。制作过程的指导要具体到每个小环节,特别是制作材料的选择决策,我要当好学生的参谋。这一点说起来容易做起来难,我也经常为了调试一些实验而占用休息时间。遇到难题时我首先向书本学习,紧跟时代的步伐,增强自己对教育理论的学习;其次,向团队成员学习,看他们怎么辅导学生;然后加班加点地去研究、实验,弄明白后再指导学生进行制作。

苏同学通过研究,对科创有了新认识,也慢慢产生了兴趣,她在实践中拓宽了视野,感悟了科学的魅力。最后,苏同学研究的《大数据背景下体育家庭作业跟踪检测系统的设计》获得第 37 届上海市青少年科技创新大赛二等奖。

人生会遇到各种各样的机遇和挑战,抓住这些机遇,有可能改变一个人的命运。我经常跟身边的人说,加入这个团队我是幸运的,通过一段时间的努力,学生的科创成果也开始涌现,参赛作品也得到了认可。在第 38 届上海市青少年科技创新大赛中,我辅导的学生多人次获得二等奖和三等奖;在 2022 年上海市中小学机器人竞赛中,我辅导的学生荣获三等奖;在 2023 年上海市中小学机器人竞赛中,我辅导的学生荣获二等奖等奖项。尽管辅导过程充满了艰辛和挑战,但这些学生的成果既是对我努力的肯定,也为我未来的科研之路奠定了坚实的基础。

三、专业的成长收获

在加入这个项目之前,我没有想过要申请课题和撰写论文,但是作为学生课题的辅导教师,我了解到只有不断地提升自己的科研能力和科研水平,努力探索辅导学生进行发明创造的方法和途径,才能提高学生的发明创造能力,才能使学校的科技教育上升到一个较高层次,真正使学生的创新素质得到培养。

于是,我利用业余时间提升自己的科研水平,坚持不断阅读有关专业理论的书籍,如苏忱老师的《与一线教师谈科研》,向专家老师和同行请教经验和方法,坚持不断地写教育反思和教学感悟,慢慢有了积累。撰写的论文先后在 2021 年上海市长宁区教育学会第二十届优秀教育论文评选中荣获三等奖,在 2022 年长宁区"温暖的教学"教育科研主题征文活动中荣获三等奖。我依托教学和科研两方面的成长,助力专业的收获,撰写的论文《基于数学学科核心素养的变式教学初探》在《长宁教育》期刊上发表。更令人欣喜的收获是,我成功晋升中学一级教师职称,从教师个人发展角度来看,一级职称的含金量大家有目共睹,它能给教师职业生涯带来快速提升。

与此同时,我申请的课题"基于数学学科核心素养的教学研究与实践"也在上海市民办中小学"萌芽计划"项目成功立项,并完成了开题报告和中期答辩,预计2025 年完成项目的结题任务。这个认可使我有很强的自豪感,会激励着我以更加积极的心态投入到教育事业中,为自己未来的发展提供了更多的机会和可能性。

两年来,我深刻感受到朱校对科创团队的重视和支持,学校修建了科艺中心,并将门口的消防水塔改造成类似于航天飞机发射塔的样子;项目组参与了校园科创科普文化建设,推进了科创特色校园的建设;全校学生参加"STEAM"创意实验包、科技节、创意拓展课、航天知识科普活动等。作为团队成员,我感到很自豪。

学校无论从外在建设到内在文化都融入了科创元素，我们团队的努力也没有白费，在项目结项时，几位专家给出评价和指导，现场评定为优秀项目。

在项目研究过程中，我和学生都在共同成长，增强了科创和研究的意识，提升了科技创新和研究素养。无论是教学实践、科研能力还是专业能力上，我都遇到了更好的自己，也收获了很多与志同道合的同仁一起前行的经历，在更多思维的碰撞中拥有了更宽广的学术视野，逐渐成长为一名研究型教师。与此同时，我也能发现自己的渺小和不足，接下来的日子里我会继续向阳而生，不忘初心，走向专业和品质，让科技创新教育润物细无声地滋养每个学生，更好地为学生保驾护航。

✎ **基本情况**

蒋强龙，第三期上海市民办中小学中青年优秀教师团队发展计划项目团队成员。现任上海市民办扬波中学高中语文教师、班主任，中学一级教师。所带班级曾荣获上海市静安区高中"先进班集体"称号。在《新读写》杂志上发表文章《〈聊斋志异〉错位叙事艺术研究》，指导学生在《中学生报·高招周刊》发表文章若干篇。现已进入上海市管恩臣班主任带头人工作室学习。

教育感言：师生共进，智慧同行。

我的导师养成记

上海市民办扬波中学　蒋强龙

为期两年的上海市"民优计划"项目之"导师制"项目顺利通过考核，并被专家、领导评定为"优秀"，这无疑是对参与项目研究的全体团队成员为期两年辛苦付出的最大肯定。与此同时，我在参与项目的研究中也有了很大的收获与成长，所指导的学生也因此项目而获益良多，就如2023年考入大学的C同学。

我是如何成为一名导师的？在项目研究过程中有哪些收获与成长？又是怎样借助导师制的方式帮助C同学走出低谷，最终考上自己理想的大学？我的导师养成的故事，就从这里开始讲起。

成为C同学的导师

收到C同学站在大学校园的林荫道旁手握两张荣誉证书,一脸喜悦、自信大方的照片时,正值我们的项目要做最后的汇报展示。之前我联系他,说明用意,他欣然接受,并特地拍了这张照片。但谁能想到,三年前刚进入高中的C同学全然不是这样的。

那年9月,高一新生开学。

也是在那个时候,学校第三期中青年团队项目成功立项,我也成了新高一年级几个同学的导师,其中一个是C同学。其实,在申请立项之前,项目组对导师制的育人方式几乎一无所知:导师与班主任有何区别？导师与学生如何建立指导关系？第一次带导活动应该怎样开展？……带着许多疑问与担忧,我们在项目领衔人的带领下开始学习、研究相关资料,撰写立项申请书。通过查阅文件、文献和网上的案例,大家对导师制有了初步的了解与认识,明白了导师制对于高中生学习成长的意义,以及对当前学校教育教学的重要价值。不久,立项申请顺利获批,项目开始进入推进实施阶段。与此同时,看着眼前的几十名高一新生,我的心中没有太多的兴奋与激动,更多的是忧虑与担心。因为从开学前的各种资料中了解到,许多学生存在学习方面的问题,C同学就是其中之一。

如何结合导师制的研究,解决C同学的问题呢？我想到了项目组在研究中探索出的一条有效路径:导师每学年至少要对自己的学生进行一次家访。为了了解C同学的具体情况,我决定对其进行家访。C同学家里只有爷爷奶奶与他三个人,二老向我介绍了C同学的情况:"这孩子学习一向很好,只是初三时家中发生了变故,对他的影响很大,导致他中考没考好……平时是我们照顾他的学习生活,他爸爸忙,没有时间……他很爱学习,已经在准备新学期的书本了……"一旁的C同学不时谦虚地说:"没有啦,还好……"他看着拘谨,但懂事、有礼貌。"小C,学习要加油！"离开时我特意这样说。第一次家访就这样结束了,C同学给我的印象不错。但是没过多久我发现,C同学在新班级有诸多不适应:虽然也和同学交流,但很少看到他脸上有笑容;他的学习习惯比较好,但能看出他没有明确的学习目标;时常能看到他闷闷不乐,也不愿意担任班干部……我将C同学的情况与项目组的成员做了交流,针对这一特殊情况,项目组建议我再家访一次。在与C同学单独聊过之后,征得了他的同意,我在学期末又对C同学进行第二次家访。这次依然是爷爷奶奶接待我。我从这次家访中得知,初三那年家庭变故后,一些家庭纷争至今还未解决,C同学既要应对中考失利和高中学习的压力,还要承受家庭变故之痛,处在家人持续纷争的旋涡中,这些让他心力交瘁、难以应付。这次离开时,我的心情异常沉重。

当导师遇到难题

C同学的问题是不是具有普遍性?"双新"背景下的高中生还存在哪些问题?他们对导师有什么样的期待? 在项目研究过程中,为了提高导师指导学生的针对性和有效性,项目组决定对全体学生进行问卷调查:进入高中后,哪些问题是你很困惑、急需老师帮助解答的? 哪些问题对你的高中学习生活有很大的影响? ……虽然学生的疑问很多,但归类后大致如下:

Q1:如何合理有效地规划自己高中三年的学习与生活?

Q2:新高考下高中"加三"科目怎么选?

Q3:如何分配高中九门学科的学习精力与时间?

Q4:自己的兴趣爱好对以后学习有何帮助?

Q5:面对巨大的学习压力,如何调整自己的情绪、心理?

Q6:如何为自己将来的学业与职业发展做准备?

Q7:怎样处理自己与家长之间的关系?

Q8:怎样才能提高自己的学习效率?

Q9:如何确定自己的高考方向? 如何选专业、填志愿?

Q10:如何处理好与同学之间的关系,尤其是男女同学之间的关系?

面对学生的这些问题,不管是班主任还是导师,有些能轻松应对,有些却力不从心。亦如 C 同学的问题，需要科学、专业、综合的能力才能妥善解决。我将 C 同学的情况作为典型案例在项目例会上提出，项目组成员结合自己的研究内容与经验，给了我许多有益的建议与启发。比如，作为学生导师，可以从思想引导、学业辅导、心理疏导、生涯向导、生活指导以及特长宣导等六方面对学生进行分类指导。同时，我查阅资料、文献，参看网上类似案例，大致梳理出一条比较科学、合理的解决 C 同学问题的路径。

借学校邀请考入同济的学姐给高一新生做学习规划分享的机会，我打算对 C 同学进行一次思想引导。"小 C，最近一位考上同济的学姐回来分享经验……""考到了同济？"C 同学满脸惊讶地问。"是的，她来给大家分享高中的学习规划，到时候你能写一份活动简讯吗？""好的，老师。"后来，在 C 同学写的简讯中，学姐初来我校时沮丧不甘，在老师的开导下调整心态、努力学习，最终考入大学的内容，几乎一字不落地出现在了其中。我趁机鼓励他，"简讯写得很好，看来学姐的话你听进去了，希望给下一届新生做学习经验分享的人是你，怎么样？""老师，我考不上同济。""只要高中三年有自己的目标，并不断努力去实现它，就有资格给学弟学妹做榜样！"接着，针对 C 同学家庭变故及后来的家庭纠纷问题，我先后约见了家长，从学校的角度提醒家长以孩子的学习为重，尽量不要给其心理和学习造成不必要的压力与影响。还与 C 同学多次交谈，开导他正确看待家长对他的关爱与关心，积极看待家长之间的问题。对于 C 同学缺乏学习目标的问题，我结合他的能力特点，从生涯规划的角度，指导他关注近年高考的方向与成绩要求，了解相关学校的录取成绩、加三科目要求，提早规划自己的升学路线，树立清晰的学习奋斗目标。

通过一年多的努力，C 同学重新找回了自信，有了明确的目标，对自己的学习也积极主动了。高三注定是紧张又忙碌的，大家在压力与焦虑中匆匆走过了这一年。C 同学也不负众望，最终以优异的成绩考上了理想的大学。又一届新生进校接受学姐学长交流分享时，我马上想到了 C 同学。看着站在讲台上侃侃而谈的他，我又想起了初入高中时失望、不甘、自暴自弃的 C 同学……

在理论与实践中成长

C同学是我作为导师指导的学生中的一个。在处理C同学的问题时,我借助导师工作手册中的"六导"原则对C同学进行了一年多的指导帮助,整个过程中还及时与项目组成员交流分享,并积极参加项目专家的讲座学习,逐渐探索出一些有效的指导策略与方法。

以生涯辅导为例。对学生进行生涯规划指导是我校导师制的核心内容之一。实施路径主要是根据学生的个性特点、兴趣爱好、将来的学业发展、职业期望等,为其提供个性化、全面而有针对性的指导。这一指导的核心是尊重学生的个性差异,挖掘学生的潜能,提高学生的自我认知,从而实现学生的全面发展。其意义在于:第一,能帮助学生深入了解自己的兴趣、优势和学业期待,提高学生学习的兴趣,改变学生进入高中后在学习上出现的迷茫、无助等情绪;第二,能提高学生的综合素质和未来发展能力,为学生今后进入大学乃至走上社会做好准备;第三,能提升学生社会适应能力和自我价值感,让学生有比较明晰的人生规划和对自己未来职业的准确定位。同时,个性化的生涯指导还能帮助学生了解社会需求和发展趋势,引导他们积极参与社会活动和公益事业。

在实施过程中,我们不断研讨、交流,探索出有效地开展生涯规划指导的策略:一是给学生提供个性化的咨询指导,即导师与学生通过一对一交流,为他们提供个性化的建议和意见,并结合学生家长等人的意见,综合学生、家庭、社会前景等,为学生提供支持;二是与自己的学科教学结合,教师在新课程改革提倡的任务化、项目化、情景化的教学活动中,融入职业生涯指导内容,在学生学习过程中顺势激发学生的学习兴趣,然后将其转化成持续学习、未来继续从事研究发展的学业方向或职业理想;三是在学生参加学校各种教育教学活动的过程中,关注学生的兴趣、能力等,发现学生的潜质与能力,引导学生有意识地将自己的特长、兴趣、爱好等发展成自己的优势,然后从学业发展、职业规划的角度加以重视。当然,也可以有一些其他灵活、更具个性化的指导策略。

迈向真正的导师之路

导师制项目已顺利结项,但参与项目带给自己的提升与变化,却是在接下来的教育教学中逐渐显现的。

首先,在参与项目立项申请书、结项报告等撰写,参加项目中期汇报展示、结项成果汇报等活动中,我全面深入地了解了导师制的意义、策略等,为之后开展相关的指导工作提供了理论基础。更重要的是,通过这样一次项目研究的经历,我对科研项目的申请、研究、结项等环节有了具体的认识,也增强了申请学校、区、市级课题项目的信心与底气。其次,在两年的项目研究过程中,我与团队成员一起讨论交流、分工合作,不仅出色地完成了研究任务,也进一步提高了自己的团队协调、合作能力,还从团队成员身上学到了许多可贵的品质与能力,这些都是我导师之路的宝贵财富。第三,导师制的师生相处模式给我提供了一个全新的与学生交流、沟通的视角。最后,不管学生出现什么问题,我总是从班主任的角度分析、指导,这种指导不自觉地会从纪律、学习、班级影响等方面综合考虑,总是从个体与班级整体的角度思考学生的问题,很难客观理性地发现学生身上独属于他的个性特点。但是,导师与学生的这种新型师生关系,无须过多考虑整体情况,而是专注于具体的、单个的学生,在全面了解这些学生的基础上,为他们提供个性化、具体化、灵活的指导建议,这也很好地避免了以前教育中只见森林而不见树木的弊病。

当然,除了在指导学生方面有了新思路、新方法外,我在学科教学、专业能力方面也有了全方位的提升。我的科研热情因这一项目而被点燃,现已有一篇学术论文在期刊发表,一篇学术文章已完成撰写,同时还申报了一个区级课题,又参与了学校申请的区级重点课题的研究工作。另外,经过重重面试考核,最终进入上海市管恩臣班主任带头人工作室学习。

总之,从初做导师到如今具备丰富的导师工作经验,这一路走来,我借助导师制这种新型的师生互动模式,帮助学生深入了解自我和世界,增强了学生的综合素质和能力,助力他们健康成长,走上新的人生历程。同时,我的综合能力也在这个过程中不断提升,为今后的发展奠定了坚实的基础。

基本情况

武海燕，第三期上海市民办中小学中青年优秀教师团队发展计划项目团队成员。现任上海市文来中学（初中部）招生办副主任，高级职称。在团队中负责年级组"四层七级"动态分科分层走班教学工作的顺利开展与管理保障工作。个人发展目标是成为一名研究型管理者，辐射带动教师成为研究型教师。曾荣获上海市中小学中青年教师教学评选活动一等奖。在《闵行教育》上发表《文言文教学中培养初中生思维能力的路径》。

教育感言：用情感塑造情感，用态度影响态度，点燃每一个学子的心中之火！

Why 老师的研究故事

上海市文来中学　武海燕

"Why 老师"，同学们喜欢这么喊我，因为我的名字三个字首字母拼在一起就是"Why"，也因为我喜欢问为什么。

2020 年，我校迎来了第一届摇号学生。Why 老师的问题更多了：一个作业布置下去，收上来的回答五花八门；一次考试结束，成绩差距可达 50 多分；一节课上，学生学习状态各不相同……在公民同招、电脑派位的教育新政背景下，学生层次类型发生巨大变化。如何在"双新"背景下基于不同层次类型学生的特点开展精准教学？这一难题摆在了我们 2020 级每个老师的面前。同时，我担任 2020 级年级组副组长，我也迫切希望在教育教学工作实践过程中培养一支能自如解决实际问题的研究型教师团队。

2021 年 9 月，在第三期上海市民办中小学中青年优秀教师团队发展计划中，我校"立足精准教学培养研究型教师"项目立项成功。我有幸带领我的团队成为本项目组成员，研究如何在我校原有的因材施教措施上进行更精准的教学。Why 老师的研究故事开始了。

一、怎么办？

（一）都是问题，怎么办？

"武老师，这一个班 15 个课代表，怎么收作业？"

"是呀，我们教学班要收来自六个班的学生的作业，怎么办？"

"你看这分层走班后的教室卫生，一塌糊涂，叫我们怎么打扫？"

"……"

下课刚走进办公室，我就被大家的问题包围了。为了应对学生层次类型差距大问题，我校富有创造性地开启了"四层七级动态分科分层走班教学"新模式。虽然有近十年的因材施教分层教学经验，但具体实施过程中，问题还是层出不穷。我如同在玩打地鼠游戏：这个问题解决了，那个问题又冒出来了。真是疲于应付。怎么办？

"大家要在精准教学的过程中善于发现问题，要先有研究意识，带着研究的眼光来看我们遇到的问题……"

"项博士，什么是研究的眼光？"我们的项目研究例会上，我忍不住打断项博士。没想到，项博士却卖起了关子，说做一次案例研究，就可以找到答案了。

为了做案例研究，我专门拿了一个本子，记录下我和我的团队成员发现的问题并进行梳理，随时进行讨论。久而久之，我们的小伙伴们都习惯说，"快，拿本子记下这个问题。"我的问题意识在这个过程中自然得到了提升。

没过多久,我的小本子就记录了好多问题,如何精准分层? 资优生少了怎么办? 走班后行政班班级凝聚力减弱,怎么办? 不同层级怎么能做到同科同步又层级分明? 等等。随着升入七年级,学生的情绪管理问题凸显出来。所以我选择了这个方面的案例进行案例研究。

"我们记录了这么多问题,不妨试着对问题进行分类,看看同一类问题中的共性原因又是什么。"在问题分析时,有成员提出这一方法。我茅塞顿开,重新审视后,我们发现:下课学生的吵闹声更响,学生与学生之间以及学生与师长之间的冲突着多等问题,与七年级学生此时的心理状态等问题有关。于是我们着手从系统教育管理策略上解决问题。这次研究让我发现很多问题其实有其共性因素。我们不能只看到一个个独立的问题,研究的眼光就是要对问题进行归类分析,去抓共性,从而牵住解决问题的牛鼻子。在学习做案例、进行案例的撰写过程中,Why老师努力从一个教书匠向反思实践者转变。

(二) 新问题来了,怎么办?

2022 年 9 月,我担任 2022 级融合班年级组长。我信心百倍,觉得有前两年的实践经验,一定能做出更多成绩。我与新的团队成员开启新征程——负责进行"四层七级"分科分层走班教学的深化研究,"双班主任制"的探讨,融合班"小班化"教育教学研究等工作。没想到,新问题来了。

"老师,我们 D 层是不是只看期末升降层考决定去留? 那期中考试随便考考啦!"

"老师,我是 A 层后面的,是不是就不用参加期末的升降层考?"言外之意,可以躺平啦。

唉,这是学习动力不足啊!

……

"上着课,你为什么跑到后面去了?""我去丢垃圾!"

"晚自习不是不能出来吗,你怎么跑出来了?""我要喝点水!"

2022学年第一学期,我们通过"入学前教育""广播操比赛""温馨教室评比"等活动,将初中学习生活的规则慢慢渗透到学生的平时生活学习中。

疫情结束回到学校,这规则意识又去哪儿了?

……

"你是几班的?"

"五班的。"

"那为什么最后一个离开你自己的教室,不把班级空调关掉?"

"啊?为什么是我关?"

天,他还不服气!这班级的集体荣誉感、责任感在哪儿呢?

……

2022学年第二学期,第一次班主任论坛上大家七嘴八舌,说了好多我们教育教学中遇到的新问题。显然,经过上个学期一学期的磨合、协作,老师已能敏锐洞察到工作中的问题。此次问题概括起来就是:学习动力不足;规则意识淡薄;班级凝聚力不够。

"那接下来怎么办?"面对问题,我们这个团队已经习惯各抒己见,深入分析,寻找解决方案。

这是网课后遗症的表现。网课相对轻松,家庭学习的要求难以被监督、执行,以至于随意散漫的情况又成为很多学生的校园学习生活的常态,规则意识变得淡薄。

"四层七级"动态分层教育教学方式,因材施教,各取所得,循序渐进,确实解决了我们摇号后生源情况发生变化,学生学情差异很大的问题。但在实施过程中,我们也发现了一些问题。刚开始,升降层的显性表现让同学们确实很有干劲。第一次升降层考试时,A层后50%因没有升层资格,所有没有参加考试。而D层因为所有人全部参加保层考,所以,所有升层资格考跟他们都没有关系了。学生一定程度上学习的动力有所不同。分层走班后重要学科的学习都在分层班进行,班主任能对班级集体教育的时间明显减少。行政班的凝聚力较不分层确实显得不够。

深入分析让我们找到了问题所在。如何解决？研究型教师的基本特征告诉我们，要提出对策，制订实际解决方案，解决问题。

首先，明确制度，加强监督，增强规则意识。

一方面，进一步明确各项规章制度：晚自习效率不高，学生学习投入度不够——明确晚自习制度，晚自习值班教师全面记录学生晚自习进出情况，作业完成情况；广播操出操情况不佳，纪律涣散——细化广播操集队出操考评制度；早护导要求，午自习要求，一一明确，严格要求，加强监督，帮助学生养成良好的行为规范、学习习惯。另一方面通过各种体验活动，让规则深入学生心中。如我们通过年级组电视谈话节目"吾师有言"，提升学生的规则意识。特别是邀请平时在行为规范、学习习惯上表现并不是很好的学生一起参加电视节目，一起讨论同学中普遍存在的行为规范问题，为他们设定一个正面的形象，增强他们的信心的同时也约束他们的日常行为。

针对学习动力不足问题，我们引入了过程性评价。对平时的学习习惯进行评价，如课堂表现、作业完成情况等。一方面凸显低年级培养目标，规范学生的学习习惯；另一方面也让学生感觉到也许我一时不能有很高的成绩，但我认真上课，认真完成作业，也能从平时学习中获取成绩。针对 D 层一考定去留的问题，我们也进行了调整。平常成绩与最后的升降层考试成绩进行综合计算，D 层前 30％学生就可以保级成功。其他学生与参加升层考的 C 层学生进行竞争，争夺剩下的 D 层名额。这样平时的表现也进入到学生的考评中，自然需要重视。

其次，升降层让学习竞争显性化，也会给学生带来压力，一定的压力当然也会促进学生的发展，但对于心理过于脆弱的学生、身体素质不够好无法参加考试的学生也是一种负担。发现这个问题后，柏彬校长亲自指导我们给"四层七级"装上安全气囊：免考保级制度和"三谈两交接"制度。心理或生理状态确实不佳的学生可以申请免考保级；升降层调整后，对于层级有调整的学生，他的原层老师、新层老师以及班主任老师都要与这位学生进行交流，对他新的学习进行关心、指导。

针对行政班凝聚力不足的问题，我们充分发挥双班主任的优势，调整安排，给予班主任充分的进班教育时间——早护导、午自习、放学时间，三个固定时间点给班主任集中处理班级事务。同时，我们年级组组织各种以班级为单位的表演、比赛等活动，让班级在集体活动中增进师生情谊，凝聚力也在比赛中增强。

洞察、分析、设计、行动、反思建构，面对新问题，我们已经能够应付自如了。因为，通过项目研究，我们已经明确了研究过程，掌握了研究方法，研究能力自然得到提升。Why 老师又成长了。

二、和谁干？

如何才能让团队上下一心，在实际工作中发现问题、解决问题、形成经验、服务于学生的长远发展呢？——打造一个研究型团队。这也是 Why 老师研究故事中的重要一集。

（一）视野一样吗？

2021 年第一学期期末总结大会，我紧锣密鼓地为团队成员准备各种礼物。想着老师们辛苦了。没想到，老师们却告诉我，身体累点儿没什么，关键是不明白这么累搞教育教学改革意义是什么。我吃惊地发现，我认识到的意义还没能让我的团队成员接受，这会极大地影响团队的战斗力。统一认识，很重要。

2021 学年第二学期，我们年级组多了一个"一起咖啡吧"时间。

周一第一节课，和班主任喝咖啡："为什么搞书包的革命？""为什么要布置温馨教室？"说我的想法，听班主任的意见。

周四课间操时间，和大备课组长喝咖啡："怎么安排检测更合理？""如何让学生保持学习兴趣？"大家一起喝喝咖啡，聊聊在工作中的得失，工作尝试、困惑等。时间不长，没有约束，所以大家更能畅所欲言，又可以互相启发。

终于，我们形成了团队视野。Why 老师的团队貌合神聚。

（二）一起作战吗？

我们 2020 级语数英备课组长非常团结。那天我跟他们开玩笑："你们就没点儿矛盾,怎么没见你们争地盘,抢时间?"心直口快的语文备课组长马上说:"矛盾算什么,我们可是有三四届共同战斗的革命友情。"

曾经一起面对挑战,曾经一起攻破难关,这样的经历,让团队走得更近、更紧。所以,要感谢这次项目式研究,它让我们的团队成员有了一起作战的机会,有了一起作战的革命友情,我们的配合更默契了。

(三)一起分享吗?

"你们这个方法挺好,好好反思总结,也许下一届也可以用。"

学校领导表扬了我们的研究做法,我觉得一定要与团队成员分享这份荣誉。"四层七级"实行一个学期后,我们进行了经验分享总结。大家各抒己见,肯定了此教学模式可以很好地实现因材施教。同时也发现,因为教学模式的改变,我们原有的学校管理模式将发生变化,涉及教务处出卷的方式、教师考核等方面。学工部的一些诸如劳动课的安排等都要发生变化。一个分享交流不仅让大家更团结,还发现了新的研究方向。

2023年10月,项目要结束了。我不禁有些不舍。项目带给我的团队归属感,特别是沉浸研究时那种成长的喜悦,难以忘怀。三生有幸,我与项目组小伙伴们在研究中悦动成长!2023年7月,我又走进一个新的工作领域,我知道,研究型教师的成长之路没有终点!

这就是我——Why老师的研究故事,在研究中成事成人,建团队。

图书在版编目（CIP）数据

民优计划：民办教师的成长故事 / 时丽娟, 袁文俊
主编. — 上海：上海教育出版社, 2025. 6. — ISBN
978-7-5720-3320-9

Ⅰ. I25

中国国家版本馆CIP数据核字第2025KQ6225号

责任编辑　公雯雯
封面设计　陆　弦

民优计划：民办教师的成长故事
时丽娟　袁文俊　主编

出版发行	上海教育出版社有限公司
官　　网	www.seph.com.cn
地　　址	上海市闵行区号景路159弄C座
邮　　编	201101
印　　刷	上海颛辉印刷厂有限公司
开　　本	700×1000　1/16　印张 10.5　插页 1
字　　数	149 千字
版　　次	2025年6月第1版
印　　次	2025年6月第1次印刷
书　　号	ISBN 978-7-5720-3320-9/G·2959
定　　价	58.00 元

如发现质量问题，读者可向本社调换　电话：021-64373213